離婚前夜の執愛懐妊

～愛なき冷徹旦那様のはずが、契約妻への独占欲を我慢できない～

m a r m a l a d e b u n k o

雪永千冬

マーマレード文庫

目次

離婚前夜の執愛懐妊
~愛なき冷徹旦那様のはずが、契約妻への独占欲を我慢できない~

離婚前夜の執愛懐妊

～愛なき冷徹旦那様のはずが、契約妻への独占欲を我慢できない～

プロローグ

インド洋に浮かぶ珊瑚礁の美しい島国、モルディブ。

エメラルドグリーンの透き通った美しい海が見渡す限りに広がり、諸島の周囲には様々な大きさの環礁が白い花冠のように群生している。

一島に一リゾートが基本とされているモルディブでは、首都マレにある空港から水上飛行機に乗り、目的地まで移動しなくてはいけないらしい。

太陽の光に照らされた海は、まるで青碧の宝石がきらめいているみたいに神秘的で美しくて、感動せずにはいられない。

まさに夢のような二十四歳の誕生日だ。

ああ、こんなに素敵な旅行に連れてきてくれてありがとう、お母さん。

『気合い入れて大奮発しちゃった』と言っていたから、今後の家計に暗雲が立ち込めないか少し怖くなっていたけど……。ふふっ、やっぱり私の考えすぎだったみたいだ。

本日百度目くらいの感謝の言葉を述べながら、神秘的で綺麗な絶景を楽しみつつ、滞在先であるプライベートプール付きの水上ヴィラへ。

そんな、誰が聞いても穏やかで優雅すぎるバカンスの最中――。

「あ、あのっ、どうしてこんなことに……!?」

「どうしてって。君と俺が夫婦になったからです。新婚初夜ってご存知ですか?」

「えっ、新婚初夜? 言葉だけなら、知ってます、けど……っ」

「じゃあ問題ないですね」

「いえ、問題ありますね!?」

誰よりも平々凡々に生きていたはずの私は……なぜだか今晩初めて会ったばかりの眉目秀麗な黒髪美青年によって、大きなベッドの上に押し倒されていた。

ど、どどどうしよう。

私、恋愛だってしたことないのに、こんな、こんな新婚初夜なんて……!

熱帯気候の島の穏やかな風が、開け放たれた大きな窓から吹き抜ける。

風は青白い月に照らされた白いレースのカーテンをふわりと揺らして、静かに私たちの頬を撫でた。

内心あわあわと慌てる私の心臓は、かつてないほどにドキドキと大きな音を立てている。

絶世の美貌という表現がふさわしい御曹司様は、その男らしく骨ばっていて綺麗な指先で私のナイトウェアの胸元を編み上げていたリボンをいじると、もったいぶるような仕草で結び目をしゅるりと解いていく。

私はあまりのことに堪えられなくなって、ぎゅっと目を瞑った。

「ま、待ってください」

「残念ですが、あまり時間をかけたくないので」

「そ、そんなっ。せめて優しく、してください」

「……優しく、ね」

そのご尊顔、絶対優しくする気なんてありませんね！

彼の冷たい指先が、お腹のあたりから胸元の方へと移動してくる感覚が服の上から伝わってきて、『あ、ああっ』と声にならない羞恥心が全身を駆け巡る。

緊張からドキドキと早鐘を打つ心臓のせいで、どこもかしこもあっという間に火照《ほて》っていく。

絶対に、今の私は顔だけじゃなくて首も耳もすべてが赤くなっているはず……っ。

そんな時、「ふっ」と思わず吹き出してしまったような声が聞こえて、私はつい目を開けてしまった。

視線が交わり合った瞬間、冷たい印象しかなかった長い睫毛《まつげ》に縁取られた切れ長の目元が、艶やかに細められていく。

「黒猫と土星とアイスクリーム？　変わった柄の下着を付けているんですね」

「へ？　……ひゃぁぁあっ⁉」

彼の言葉を借りるところの『新婚初夜』。

旦那様となった極上の御曹司のくすくすと面白そうな笑い声交じりの言葉に、色気のない下着を晒《さら》した私は、とうとう心臓が爆発した気がした。

……ううっ、もうお嫁にいけない。

一章　誕生日、プライベートヴィラの誘惑

春の麗らかさを感じる窓辺の作業台で、白いアンゴラ山羊《やぎ》のモヘア生地でできたテディベアの頭に、木毛《もくもう》と呼ばれる長い鉋屑《かんなくず》の伝統的な詰め物を詰め終えたところで、年季の入った鳩時計が「ぽっぽー」と十六時を告げる。

「よし、できた。今日のお仕事はいったんここでおしまいっと」

色々な角度からその仕上がりをチェックした私は、「ふう」と椅子の背もたれに寄りかかる。

「まずは夕飯の準備をして、それからお風呂を溜めて……。お急ぎでのご注文だから、寝る前に時間ができたらもう少しアトリエにこもるか。奥様のお誕生日は朝五時十八分だったから、おめめと心臓はその時間に合わせて入れて……」

愛用の縫い針を手作りの針山に刺して、仕事道具の裁縫箱に蓋をした。

「さあ、今度は家事だ」

頭を切り替えて部屋から出る。

その扉には四季の花をモチーフにした意匠を散りばめて作った〝Atelier Nina《アトリエニーナ》〟と

いう刺繍《ししゅう》文字が賑やかに躍り、カランカランと思い出が詰まった異国情緒なベルが鳴る。

私——広院仁菜《ひろいんにな》は苗字のせいで幼い頃からよくからかわれて、散々な目に遭ってきた。

ヒロインのくせに美少女じゃない、髪型も目もカラーリングがすべて平凡、低身長だし幼児体型などなど……『名は体《てい》を表さないね』なんて笑われた経験は数知れず。

もしかしたら言った本人に悪気はないのかもしれないけれど、苗字が違いさえすれば言われなくて済んだような内容も多い。

クラスが変わるたびに自己紹介で誰かに突っ込まれて、教室中がどっと沸く。

どこへ行ってもついてくるツッコミと笑いのせいで、幼い頃の私は内気な性格まっしぐらの道を辿った。

そんな幼い私の心の拠《よ》り所となったのは、祖母が『嫁入り道具で持ってきたのよ』と話していた裁縫道具だった。

衣服をなんでも手作りしていた祖母や母の影響もあって、五歳の頃には縫い物が趣味になっていた私は、小学校の休み時間にも黙々とひとりきりで手芸に没頭。

特に亡き父が残してくれた、誕生日プレゼントのぬいぐるみが大好きだった私は、その魅力にハマり、家にある着なくなった衣服や端切れからぬいぐるみを生み出すことに執心《しゅうしん》していた。

そうして十一歳の頃に迎えた人生の転機とも呼べる出来事をきっかけに、本格的にぬいぐるみ作家の道を目指し始めて、国内外のコンテストにも挑戦し出して……。

大学在学中から個人事業主として屋号を掲げ、いつかはおしゃれな路地裏に小さな店舗を持つことを夢見ながら、ネットショップでの販売をスタートさせた。

オーダーメイドのぬいぐるみを手がける『Atelier Nina』は、すべて完全な手縫いと手作業にこだわっていて、丁寧にヒアリングを重ねて、一体一体の型紙から製作していく。

コンセプトは〝世界にひとつだけの思い出のかたち。大切な記憶をあなたのそばに〟。

動物をモチーフとしていて、生地はアンゴラ山羊、アルパカ、羊毛を主《おも》に使うけれど、お客様のご希望に沿っては思い出のお洋服やお着物、スカーフなどからぬいぐるみを作ることもある。

詰め物はふんわりとウッディな香りがする木毛、または強度を出すために木毛と綿を混ぜて詰めたりして、お客様のお好みに合わせたもふもふでふわふわな手触りを追求。

贈り物はもちろんのこと、一生ものの飾り物としても楽しんでいただけるようにと、しっかりした伝統的なハードボードジョイントで胴体と頭・腕・足を繋げて自由自在なポーズを取れるようにし、色褪《いろあ》せない輝きを保つガラス製のグラスアイを採用している。

さらに『Atelier Nina』では、最後の仕上げに、〝心臓〟としてオルゴールを背中に入れている。曲はいくつかから選べて、ぬいぐるみの誕生日となる完成日には、お客様からヒアリングした大切な時刻に合わせて命を吹き込むのだ。

そんな『Atelier Nina』という屋号を掲げてから、早くも数年が経ち――。

二十四歳になった今では、代表作が地域情報誌に掲載されたりと、ぬいぐるみ作家として名前が売れてきつつあったりする。

幼い頃は心の拠り所でしかなかった縫い物が、今では職業として立派に自分に根付いているのだから、とっても不思議で幸せなことだった。

そんな風に、人生の転機をきっかけに毎日を夢に向かって忙しく過ごすうちに、だんだんと自分の芯がまっすぐブレなくなっていった私は、ヒロインという苗字にもどんどん愛着が湧いてくるようになり……。大人になった今では、仲良しの友人たちの前だけでは、自分でも親しみと愛情を込めて堂々とヒロインの苗字を名乗れるほどに。

けれども、やっぱり、見知らぬ人との最初の自己紹介の時に微妙な空気が流れるのには、もはや癖《くせ》のように緊張してしまう。

『はやくけっこんして、ふつうのみょうじになりたいです』

『将来は早く結婚相手が見つかって、普通の苗字に変われますように！』

『神様、結婚したいです。素敵なお見合い話が降ってきませんでしょうかっ⁉』

小学生の頃から現在まで、初詣で神社に行くたびに毎年そう願って生きてきたけれど、一般企業に就職せずに個人事業主となった私の職場は、今は亡き父方の祖父母から母が受け継いだ洋風建築の一軒家。

そんな実家の客間であるので、上司どころか社員もいない。

苗字を変えてくれる素敵な出会いも恋の予感も、どこにも存在しないのであった。

「皆はマッチングアプリでも入れなよ！　って気軽に言うけど、私には荷が重いよ～」

夕飯の支度に励みながら、私はぽつりと呟く。

幼い頃から内気を拗《こじ》らせすぎて、共学だった学生時代も同年代の異性との会話なんてほとんどしたことがない。

初恋とも呼べないほどの淡い恋を幼い頃に一度だけ経験したっきりで、恋愛経験なんてゼロだ。

「ニーナ、ただいまぁ」

作った夕食をリビングにある食卓に並べていると、玄関の方から帰宅した母の声が聞こえてきた。

母はパタパタとスリッパを鳴らしながら、勢いよくリビングに入ってくる。

亜麻色をしたウェーブパーマのロングヘアを耳にかけ、外国人風の派手なお化粧をしてバッチリとパンツスーツを着こなした四十九歳の母、広院絵梨奈《えりな》は、見た目の通り明るく自由奔放な性格をしている。

けれど自由奔放とひとくちに言っても、いわゆる異性関係のことではない。

むしろ恋愛に関しては超が付くほどの一途で、幼い頃から十五歳も年上の父に片想いをしていたらしい。

父は、私の母方の祖父と同じ貿易関係会社に勤めていて、祖父が可愛がっている後輩だった。

父は年の差もあったので母・絵梨奈の告白を長年断っていたそうだけど、私の母が就職二年目の年に癌《がん》が発覚。

同じ頃、自分の両親を交通事故で亡くしたばかりだった母・絵梨奈は、『私と結婚してほしい。あなたを絶対に幸せにする』と父に猛アタック&逆プロポーズ。

『若い貴女にはまだ先があるのだから』と言う父の両親の反対も押しきって、いつしか両片想いになっていたふたりは、めでたく幸せな結婚をした。

私の母は、父から癌だと告白された時のことを、『絶望する時間なんかないわ。今この瞬間から、彼のそばに一秒でも長くいたいと思った』と語っていた。

そんな母・絵梨奈の猛アタックを思い出しながら、私の父は病床で、うっすらと目に涙を浮かべながらもこう語った。

『彼女が大切だからこそ、自分から離れてほしいという思いと……最後の瞬間まで一緒にいたいと願わずにはいられない心が、鬩《せめ》ぎ合ってね。複雑な気持ちがあったけれど、彼女の包容力に負けたよ。彼女はこんなことで躓いたりしない。こんな僕も、そして彼女自身も幸せにしてしまえる女性だと思ったんだ』

そう幸せそうに話した父に、私まで誇らしくなったのを覚えている。

年の差を気にして関係が進まずにいるところに癌が見つかるというのは、恋人未満だったふたりにとって、一見追い打ちにも見える。でも逆に、それをきっかけにして関係をいい方へ進展させる意志の強さや底力を、母・絵梨奈は持っていたということだ。

母は私を妊娠した後は専業主婦になって、父と二人三脚の闘病生活と看病に勤しみ、そして父が急逝した後には高齢だった義両親の介護にも奮闘。

そして、再び逆境に立たされた最中《さなか》にも、母・絵梨奈は自分の両親から相続していた実家や土地を売って作った財産で一念発起し、長年の夢だったナイトウェアデザイナーへと転身を果たした。

そんな女手ひとつで私をここまで育ててくれた自慢の我が母は、ひとくちに自由奔放と言っても、一か八かの選択を迫られた時に、自分と家族が幸福になる道を強引に掴み取りにいくタイプで——……肝が据わりまくった、豪胆なお人なのである。

「おかえり、お母さん。どうしたの？　すごく嬉しそうだけど……？」

「聞いてちょうだいニーナ。ママのブランド、なんとなんとっ海外進出が決まったの！」

「えええっ!?　うそっ、すごい！　おめでとう、お母さんっ」

「ありがとう〜！　なんと場所はラスベガスにある、ハイブランドからカジュアルブランドまで勢ぞろいの大型ショッピングモールよ〜！」

「ラッ、ラスベガス!?」

想像もしていなかった海外進出、そして第一号店の場所に驚き、私は素《す》っ頓狂《とんきょう》な声を出して目を見開く。

ハンドバッグを持ったままの母が、「ひゅうひゅう〜！」とおちゃらけながら踊る。

そうして母はリビングの隣にある仏間にすっ飛んでいき、急いでお仏壇の前にある蝋燭に火をつけてお線香を灯す。

「あなた、広院家の両親、小谷《こたに》家の両親、ご先祖代々様、いつもお力添えを本当にありがとうございます」

そう静かな声で手を合わせて報告をしていた。

正座したまま目を閉じて、そのままなにやら心の中で語りかけているような母を横目に、食事の準備を済ませる。

朝早くから夜遅くまで自身の会社で忙しくしている母の代わりに、私は父や祖父母が残してくれたこの家で仕事をし、家事をして待つ。

これが現在の広院家における、母娘ふたりの生活スタイルだった。

お仏壇で報告を終えた母と一緒に食卓に着くと、「いただきます」と夕食を食べ始める。今晩のおかずは母の大好きな銀鱈《ぎんだら》みりん定食だ。

スーパーでちょうど銀鱈の切り身がセールをしていたので、迷わず買ってきた。

いい知らせの日にお母さんの大好物を作れるだなんて幸先いいなぁ、と思わず頬が緩んでしまう。

「ほら、昨年末にアメリカのセレブ姉妹が祖母、母、姉妹の四人お揃《そろ》いでママのブランドのナイトウェアを着た写真を、SNSにアップしてたじゃない？」

「うんうん、可愛かったやつだ」

「あれ以来、海外需要に火がついてるらしいの」

「へえ～！」

「今までは日系百貨店を通しての、ポップアップショップみたいな少量流通だったでしょう？　取り寄せの問い合わせが殺到してて、アメリカでは品切れが続いてる状況なんですって」

「じゃあもう何ヶ月も人気が続いてるってこと？」

「そうみたい。人気がすぐ落ち着くかもと思って、うちの会社でも様子見で、今まで通りの流通経路で輸出してたんだけど……。将来はラスベガスを拠点に、直営店を展開することに正式決定したわ」

母はニコニコと嬉しそうにしている。

母のブランドのコンセプトは〝天然素材と着心地を追求した、すべての女性が楽しめるリラックス・ナイトウェア〟だ。

介護中だった高齢の祖母と幼い私を見て、『下着やパジャマだけでも明るくて楽しい弾けた時間を！』と天然素材にこだわり、着心地を追求して手作りした作品が原点だ。

そんな母の想いにたくさんの人が共感してくれて、海外進出まで決定するなんて。

ふふっ、お母さんが踊ってた気持ちがわかるかも。

心があたたかくなって、走り出したい喜びと感謝の気持ちでいっぱいになる。

食事をしながら、今後のブランドの展望を色々と聞いていると、母は「それでね」とお箸を置いて人差し指を立てた。

「やっぱりデザイナーはインスピレーションが命だと思うの」

「うん？」

「今度のニーナのお誕生日は、大奮発して海外旅行に行きましょう。絶対にいい勉強になるわ！　ママとはジャンルが違うけれど、あなたも立派なデザイナーなんだから」

「ええっ。わざわざそんな、海外旅行だなんてしなくていいよ。そりゃあインスピレーションは大事だろうけど……贅沢するようなお金はないし」

私は言い淀んで首を振る。

ぬいぐるみ作家としてなんとか食べていけるようになったけれど、それはこうして実家に住まわせてもらっているからだ。

アトリエだって別の場所に借りているわけじゃないから、家賃もかからない。

その代わりに、こうして家事を担っている。

父の闘病生活中は、自分があまりに幼すぎてお手伝いどころではなかった。

祖父母の介護で母が忙しい時には私も小学生になっていたから、自分なりにお手伝いを頑張っていたものの……。

大人になった今思い返せば、ほとんどなにもできていなかったに等しい。

もっとあんな風にできなかったのかな、こんなことは手伝えなかったかな？　と夜眠る時に祖父母と母の笑顔を思い出しては、枕を濡らす日もあるほどだ。

その上、内向的な私を心配した母が、母の母校でもある私立女子高校を勧めてくれて、四年制大学にも通わせてくれた。

朝から晩まで、ううん、それ以上に働いてきた母の姿を知っているからこそ、私のために変な無駄遣いはしないでほしいと思う。

実際、母の会社はそこそこ稼いでいるのだろうけれど、母自身の給料として広院家に入るお金は少ない。

人生百年時代に突入したわけだし、老後のためにも貯金はしっかりしていてほしい。

「女はいつだって度胸《どきょう》が大事！　ということで、実は会社からの帰りにもう予約してきたの！　海外進出も決まったから、気合いを入れて大奮発して、ななななんとモルディブのプライベートヴィラを予約しちゃったぁ」

「ええっ!?　ちょっと待ってよ、モルディブって……！　というかプライベートヴィラってなに!?」

「ふふふん。ミッションの決行日は半年後。夏のバカンスに向けて、今からしっかり準備をしておきなさい？」

大慌てしながら聞き返す娘を話題から置いてけぼりにした母は、得意げに亜麻色の巻き毛を耳にかけてから、ぱちんっとウインクをする。そのまま歌い出しそうな様子で豆腐とわかめのお味噌汁の器を手に持って、「う～ん、ニーナの愛がしみるわぁ」と、高級料亭のお吸い物でも飲むみたいな顔ですすった。

そうしてあっという間に八月半ばに差し掛かり、待ちに待った夏の長期休暇がやってきた。

お盆はお父さんたちやご先祖様をお迎えするために色々な準備があるけれど、母と一緒に前倒しで行《おこな》って、お父さんたちにもお仏壇の前から話をつけてきた。

皆きっとお母さんの嵐のようなところが大好きだっただろうから、大手を振って『楽しいバカンスを過ごしてきなさい』と送り出してくれたに違いない。

定時で仕事から帰宅した母と一緒に大きなトランクを押しながら家を出て、スマホのアプリから予約していたタクシーに乗り込み、成田《なりた》空港を目指す。

行き先はスリランカ南西に位置するモルディブ共和国。熱帯気候のリゾート地だ。

私にとっては約十三年ぶりの海外旅行になるだろうか。

祖父母を亡くして気落ちしていた母を、母の親友がハワイ旅行に誘ってくれて以来だ。

久しぶりの母娘旅に、ふたりで顔を見合わせて上機嫌に笑い合う。

「楽しみね、ニーナ」

「本当に。こんなに素敵な旅行に連れてきてくれてありがとう、お母さん」

「……ううん、いいのよ」

ちょっと待って。その間はいったいなに？

まさか気合い入れて大奮発しすぎて、今後の家計に暗雲が立ち込めそうとか？

えっ、お母さん今すすすって視線そらしたよね？

それに、なんか顔が強張《こわば》ってない……？

本当に大丈夫なんだろうか。

少し怖くなったけど、私の考えすぎだと思いたい。いや、絶対に私の考えすぎだ。せっかくの旅行なんだから、ポジティブに考えなくちゃね！

夜遅くに成田空港を離陸した飛行機は、まずドバイに着陸した。次はモルディブ行きに乗り換えることになる。フライト時間は合計二十時間にも及ぶ。

そうして首都マレへ到着したのは、現地時刻の十五時頃だった。今日は首都に一泊だ。

モルディブは高温多湿の熱帯気候の地域だが、八月でも平均気温は三十度前後らしく、日本の四十度を越えるような厳しい猛暑と比べると随分と過ごしやすいかもしれない。高層ビルが立ち並ぶ東京の真夏よりも快適に感じられる。

「ネットで調べたらモルディブは雨季真っ盛りと書かれていたけど、湿気は思っていたよりも少ないね」

「そうねぇ。今日の天気予報ではスコールにも降られなくて済みそうだから、よかったわ」

ふたりで思う存分首都観光という名の生地や釦《ぼたん》の専門店巡りやアンティークショップ巡りを楽しんでから、翌日の十三時には今度は母が予約した水上ヴィラがあるリゾートホテルへ向かう。

モルディブでは一島に一リゾートが基本とされているそう。

なので私たちは小さな水上飛行機に乗り、太陽の光に照らされて青碧の宝石がきらめいているみたいな海の上を通って、目的地まで移動することになる。

眼下にはエメラルドグリーンの透き通った美しい海が見渡す限りに広がり、諸島の周囲には様々な大きさの環礁が白い花冠のように群生している。

どの風景、どの色合いを切り取っても、きらきらしていて美しい。

首都観光だってインスピレーションが掻き立てられて、ワクワクしっぱなしだった。

「夢のような時間って、まさに今日みたいな日のことだよね。お母さん、こんなに幸せな二十四歳の誕生日をプレゼントしてくれて、本当にありがとう」

「……ううん、……いいのよ」

だからその間はいったい……!? と聞きたいところだけれど、追及は旅行から帰ってからにしよう。今はただただ、娘のために大奮発してくれた母に感謝です。

今日だけで百度目くらいの感謝の言葉を述べながら、神秘的で綺麗な光景を楽しみつつ、チェックインを済ませて、本日から五日間滞在するプライベートプール付きの水上ヴィラへ。

白い砂浜と青碧の海に囲まれたこの水上ヴィラは、なんとプールやテラスなどの総面積も含めて、約三百平米もの広さがあるそう。

「わぁ、こんな場所に今日から五日も滞在できるなんて！　すごいっ」

と、荷物を下ろした私は幼い子供みたいに感嘆せずにはいられなかった。

異国情緒な雰囲気の瀟洒《しょうしゃ》な調度品で整えられた開放的な室内を、さあっと吹き抜ける風がとても心地いい。

「ええっと、次はそうね。まだ約束の時間までありそうだから、一度お部屋でゆっくりしてから、ディナーへ向かいましょうか」

「約束の時間？　……あれ？　そういえばレストランの予約したっけ？　ロビーで確認されなかったと思ったけど、前からしてたの？」

「ええ、そうね、その……数日前くらいかしら」

母はどこかぎこちなく笑顔を作った。

……もしかして、ディナーのお金が足りないとか？

私は母の様子に首を傾げつつ、やっぱり貯金下ろしてきておいてよかった、と普段の倍は膨《ふく》らませてきた財布を思い出す。

会社が大きくなるからか、『今までお誕生日祝いは家でショートケーキを食べるくらいしかできなかったから、二十四歳のお誕生日は盛大に』と、なにかと気合いを入れてくれていた母のことだ。

旅行中のお金のやりくりに関して、言い出せないこともあるのかもしれない。きっとそれが理由で、出発からずっと様子がおかしかったのだ。

ディナーも母が予定していたコース料理をやめて、単品のお皿をちょっとしか注文できないかも……とか悩んでいるのかもしれない。

そんなの気にしなくていいのに、と思わず吹き出してしまう。

「ニーナ？」

「ふふっ、なんでもないよ」

私は室内を子供っぽく探検してから屋外テラスに出ると、オーシャンビューのプライベートプールに設置されていた木製チェアに横になり、真っ赤に燃えるような夕焼けを眺める。

ううん、実に穏やかで優雅だ。

まるで、……嵐の前の静けさみたい。

休憩を終え、南国のレストランに似合いそうな雰囲気のノースリーブのフレアワンピースに着替えた私は、このリゾートホテルの中心である建物へ向かう母の背を追いながら、ふとそんなことを思ってしまって首を振る。

大丈夫、問題なんか起きない。

起きたとしても、ちゃんと普段の倍は膨らんだお財布を持ってきてるんだから。

《ラガル・ハウィレ《こんばんわ》》

モルディブの公用語であるディベヒ語で挨拶してくれたウェイターに、私も笑顔で《ラガル・ハウィレ》と旅行前に観光本で学んだ挨拶をする。

それから英語で二言三言会話した母にウェイターはひとつ頷くと、朗らかに微笑んで先導した。

《奥様、お嬢様、どうぞこちらへ》

《シュークリア《ありがとう》》

案内されたのはそのレストランの個室だった。

しかし、高級感が漂うそのテーブルには、ふたりの見知らぬ先客の姿が。

「エリナ！　ニーナちゃん！　こっちこっち」

ローズレッドのイブニングドレスに身を包んだ派手な金髪巻き毛の美人が、眩しい太陽のような笑顔を振りまきながら、座席から立ち上がってこちらに手を振っている。

女性のデコルテには、レースのように編み込まれたダイヤモンドのネックレスが輝いている。

……はて、どちら様だろう？

いかにも上流階級の洗練された雰囲気を感じて、首を傾げるしかない。

そんな疑問符を頭に浮かべまくる私の隣から、母がホッとした様子で手を振り返す。

「ああ、レイカ、会えてよかった～～～っ、この間ぶりね！」

レイカって……もしかして、麗香《れいか》おばさま⁉

私はぎょっとして金髪巻き毛美人を見てから、「娘の仁菜です、母がいつもお世話になっておりますっ」と慌てて腰を折って頭を下げる。

母が私立女子高校へ入学後、すぐに入部したという服飾手芸クラブ。そこで仲よくなった四条《しじょう》麗香さんは、高校から入学した母とは違い、幼稚舎からその女学院に通っていた一貫生で、いわゆる本物の筋金入りのお嬢様だ。

母と同じ四十九歳のはずだが、その美貌は三十代後半にしか見えない。

「十三年前のハワイぶりかしら？　大きくなったわねぇ、ニーナちゃん。さあ座って」

「あ、えっと、お邪魔いたします」

話が見えない中、私は示された彼女の斜め前の席に座る。

「じゃあ、早速だけど紹介するわね。私の息子よ」

んん？　息子さん？

麗香おばさまの言葉を受けて、私は彼女に向けていた視線を隣へずらす。

すると、テーブルを挟んで私の前に座っていた美しい男性の冷たい眼差しと、視線がかち合った。

艶やかに整えられた墨をこぼしたような黒髪に、吸い込まれそうなほど透き通った濃灰色の瞳。

長い睫毛に縁取られた二重瞼の目元は鋭く、すっと通った高い鼻梁に形のいい唇という端麗な美貌はどこか威圧的ながらも、老若男女を惑わせる色気を放っている。

気候柄、三つ揃えのスーツのジャケットはレストランのクロークに預けてあるのだろう。白いワイシャツを綺麗に腕まくりし、グレンチェックのベストとパンツを穿いている彼は、丁寧な所作で名刺を取り出すと、まるで取引先に応じるように私にそれを差し出す。

私のすべてを見透かした上で、ひとかけらも興味を抱いていないのだろうと察せられる氷のごとき無表情が、口元に形だけの微笑みを浮かべた。

「初めまして。『Croix du Sud《クロワデュシュッド》』の取締役副社長を務めております、四条真尋《まひろ》と申します」

思わず背筋が凍りついてしまうほど冷たく、無感情な声だった。

「は、初めまして。私は広院仁菜です。どうぞよろしくお願いします」

この『天国の島』と呼ばれるリゾート地に似つかわしくないスーツ姿、そして容赦なく他人を切り捨てながら生きていそうな、悪魔のような雰囲気をまとった美青年から発せられる圧力に、私は思わず何度もぺこぺこと頭を下げてしまう。

けれど、平々凡々な私がついひれ伏したくなるのも仕方がない。

なにせ名刺に刻まれている『Croix du Sud』とは、本社を東京都港区《とうきょうとみなとく》に構える世界的なプレタポルテだ。

国内外で有名なデザイナー、トウマ・シジョウが会社を設立し、代表取締役社長と兼任して代表デザイナーを務めている。

日本の伝統的なわびさびとトウマ・シジョウがフランスやイタリアで学んだ技術を合わせた独特の世界観を持つデザインの衣服は、世界中の富裕層に人気が高い。

目の前の美しい男性は、そんな高級ブランドを展開する企業の御曹司であり、取締役副社長なのだ。

美容院で読ませてもらうハイブランド雑誌でも、『Croix du Sud』は特集の常連である。そして〝次期後継者〟と名高いデザイナー、現在二十九歳になるマヒロ・シジョウのイケメンぶりも。

でも、そんな御曹司様がなんでここに？

愛想笑いすら浮かべていないし、明らかに不本意っぽいのに……。

眉のひとつすら動かさず、じっと私を見据えている無表情は、『多忙な中で嫌々ながらここに来ました』感が強い。

「真尋くんは、あなたの結婚相手になる人よ」

隣の席に座った母から唐突にさらりと爆弾発言をされて、私は「へ？」と固まった

笑顔のまま母に顔を向ける。

「ごめんお母さん、よく聞こえなかったかも。……今なんて？」

「だから結婚相手よ。未来の旦那様」

「誰が？　誰の？」

「真尋くんが、ニーナの」

「……はっ、はあぁぁぁあっ!?」

斜め上をいくぶっ飛んだ展開すぎて、驚きが言葉にならない。

「け、結婚……って」

私ははくはくと、唇を開いては閉じる。

「お母さんっ、いったいどういうことなのっ」

「子供の頃から早くお嫁さんになりたいって話してたから、ニーナの夢を叶えるのにもちょうどいいお申し出かなぁって。誕生日だし」

えええっ、誕生日だしって。ハートマークでもつきそうな声で軽く言われても困る。

「つまり、ここに来るまでにお母さんの様子がおかしかった理由は、もしかしなくてもこの、真尋さんとの縁談のせいだったの!?」

大奮発したせいでディナーのお金が足りないとか、そういう問題ではなかったのだと、私はこの時ようやく真実を知った。

しかも今まで抱えていた秘密をやっと吐き出せたからか、母が本来の自由奔放な明るさを取り戻しているせいで、ツッコミが追いつかない。

だって誕生日に、結婚相手をプレゼントされるなんて、そんなこと普通はありえない。まさか〝名は体を表す〟を現実で体験するとは……。

……ん？　ちょっと待って。

「大抵のヒロインは、こういう時にありえない不幸も一緒にくっついてくるよね!?」

私は母の両肩を掴んで揺さぶりたいのをぐっと我慢して、お行儀よく着席したまま声を落として、上半身だけで母に詰め寄る。

本当は勢いのまま椅子から立ち上がり、大声を出して母を詰問したいところであるが、ここはリゾートホテルの高級感漂うレストラン。周囲にはラグジュアリーなリゾートでのバカンスを楽しんでいる最中のお客様がたくさんいるわけだし、いくら個室と言えど騒ぐわけにはいかない。

だけど母の言葉があまりにも爆弾発言すぎて、その衝撃を上手く脳内処理できなかったせいで、さすがに詰め寄らずにはいられなかったのだ。

そんな私を子供っぽいと思ったのか、麗香おばさまがクスクスと面白そうに笑う。

「詳しいことは夕食を食べながら話しましょう？　まずはニーナちゃんと真尋の婚約を祝して」

「えっ、ちょっと待ってくださいっ。婚約とか、まだしてないですっ」

「カンパーイ！」

麗香おばさまは金髪の巻き毛を揺らしながら、明らかに高価そうなシャンパンの入ったグラスを持つと、混乱しっぱなしの私を置いてけぼりにして上機嫌で乾杯の音頭を取った。

確かに……確かに私は、今年の初詣ではお賽銭を奮発して神社で神様にこう言った。

『神様、結婚したいです。素敵なお見合い話が降ってきませんでしょうかっ⁉』

だけど素敵なお見合いを望んだのであって！　こういう変化球的なお見合い……いや、もうお見合いを通り越して結婚まで決まっている縁談をお願いしたわけではないんです、神様……！

私は混乱した頭でそんなことを考えながら、母や麗香おばさまが順序立てて話す経緯を聞きつつ、「はい」「そうなんですか」「なるほど」と相槌を打つ。

真尋さんはといえば、終始無表情だ。

自由奔放な母親ふたりとの間に作られた壁が分厚い。

しかも『時間の無駄だな』とでも思っていそうな様子で、絶世の美貌が時折こちらを見つめてくるものだから、私の喉は恐怖できゅうっと締まって、愛想笑いとドキドキが止まらない。

……ううっ、心臓に悪い。

こんな時は、食事が喉を通らないだろうと思っていたけれど、私は生存本能が強い方なのか、母が連れてきてくれた旅行なので全力で楽しみたいと考えていたせいか、想像に反して夕食はしっかりお腹の中に収まっていた。

でも、せっかくの料理の味は、ほとんどわからなかった……。

実のところ、今もなにを食べているのかよくわからない。だけど栄養には変わってくれるはずだ。

そうしてデザートが運ばれてきた頃、私はうんうん唸りながらこめかみを押さえた。

「それで、ええっと……一回整理させてください」

優雅なバカンスでのんびりと穏やかに誕生日を過ごすはずが、ふたりの話を聞けば聞くほど脳内が大量の疑問符で埋め尽くされていく。この辺でいったん話を整理しなくては、と私は両手を挙げて、お母さんと麗香おばさまの話にストップをかけた。

「お母さんはブランドの海外進出を叶えるために、エージェントと手を組んで事業計画を進めていた最中で、この間は本店になる店舗予定地を見るためにラスベガスへ行っていた。だけど、その時に現地で預けていた資金を持ち逃げされちゃって、まさかの多額の借金を背負ってしまった」

「ええ、そうなの」

「しかも持ち逃げされちゃったそのお金は、銀行から借りたものじゃなくて自己資金で……。そのせいで、このままではお母さんのブランドの存続すらも危うくなってしまった……と」

「ええ、そうよ。それからママはラスベガス在住のレイカに連絡を取って」

「なぜか！　ここがわからないんだけど、なぜかふたりでカジノに行って……！」

「大負けしちゃったの」

「その金額はおよそ五億ドル？　だったかしら、エリナ？」

「いいえ、五億円よ。持ち逃げされた分とカジノで負けた分を合わせて、全部で五億円」

母が心底申し訳なさそうに「ごめんね」と私に向かって両手を合わせて謝罪する。

め、目眩がする。多少膨らんだ私のお財布では到底解決できない問題だ。

だって宝くじで五億円当たったという話なら嬉しいけれど、カジノで大負けして五億円なんて……。

私が一生かけて働いても稼げない金額だ。

「ドルでも円でも、どちらにしてもありえない……。ううん、ドルじゃないだけ不幸中の幸いなの？」

私は頭を抱えた。自宅だったら大声で叫んでいたところだ。

「本当にごめんなさい。ママ、どうしても借金を返すお金が欲しくって。さ、最初はね、びっくりするくらい勝ってたのよ？　その、だんだん欲が出てきて、今度はニーナのお店の開業資金も調達してやろう！　って気になってきて……素寒貧《すかんぴん》になっちゃったの」

す、すかんぴん。

現代ではあまり聞かない表現に恐れおののく。

「じゃ、じゃあ、ここに来るまでの旅費は⁉」

「バカンスは半年前から約束してたでしょ？　支払いは当然終わっていたし、せっかくのニーナのお誕生日だもの」

その誕生日で見知らぬ結婚相手と、五億円という多額の借金を紹介された身にもなってほしい。

「それに、お母さんの会社や社員の皆さんはどうなっちゃうのっ？」

大きな借金を作って、会社も立ち行かなくなってしまったら、社員の方にお給料を支払えなくなる。これは母と私だけの話ではないのだ。

「仁菜さん。お母さまがラスベガスのカジノで作ってしまった借金は、すべて俺が立て替えていますのでご安心ください。もちろんお母さまの会社の存続にも影響は出ません」

ブラックコーヒーを飲んでいた真尋さんは、カップをソーサーに置くと温度のない視線をこちらへ向ける。

「え……？」

「海外進出に関してもこれまで通り進めていきましょう。すでにこちらから信頼のおけるエージェントを手配しています。ラスベガスでの事業計画も個人的にバックアップさせていただきますので、社員への影響は出ません」

「そう、なんですか……」

真尋さんの話によると、ちょうど海外出張でラスベガスにいた彼のところに、麗香おばさまが『どうしたらいいかしら？』と相談の連絡をしてきたらしい。

それで事の顛末《てんまつ》を聞いた真尋さんが、自ら手助けを買って出てくれた。

窮地に陥っていた母は、そんな真尋さんのご厚意で四条家、というか真尋さん本人に借金を肩代わりしてもらったみたいだ。

「なにからなにまで、本当にありがとうございます……！」

私はぎゅっと握った両手を膝に置く。

そしてテーブルを挟んだ向かい側に座る真尋さんへ、がばりと勢いよく頭を下げた。

「真尋さんにとっては完全なる赤の他人に対して、五億円なんて莫大な金額を肩代わりしてくれるだけでなく、信頼のおけるエージェントを紹介してくれて、海外進出の手助けもしてくれるだなんて……。なんとお礼を言ったらいいのか」

驚くほど器が大きいというか、寛大《かんだい》というか、とにかくすごい人だ。

この冷たい声音《こわね》と無表情に反して、内面は家族思いで情が厚いタイプなのだろうか？

私も、どちらかと言えば自分の損得なんか考えずに、家族の幸福や健康に優先順位の重きを置く性格なのだと思う。でも母親の友人のために無償で、なんて普通だったらできない。

もしも私と真尋さんが逆の立場で、助けを求められている方だったらと想像するだけでも胃がキリキリする。

だって、自分たちの日々の暮らしで手一杯な現状だ。相手の話を聞いたら大変なのはわかるし、心も痛むけれど、五億円なんて……。

今だって、宝くじでしか聞いたことのない金額を前に、途方に暮れるしかなかったのだ。

もしも母の会社が倒産して、莫大な借金が残ることになったら……私は、どうやってお金を作らなくちゃいけなかっただろうか。

――きっと、想像を絶するような大変な未来が待っていたはず。

それを、こんなにあっさりと。彼は解決してくれた。

さすが世界を相手にするプレタポルテの御曹司。聖人君子、いや王子様すぎる。

「もしかして、なにか勘違いされていませんか。無償で、なんて誰も言っていません」

「えっ……？」

私の心の声が表情にだだ漏れだったのだろうか。真尋さんが冷たく言い放つ。

そして彼は感情の読めない冷え冷えとした眼差しで私を見据えると、ずっと無表情だった美貌に、艶やかで意地悪そうな微笑みを薄く浮かべた。

「先ほどの条件すべてと引き換えに、仁菜さんは今日から俺のものになったんです。これからの生活に関しては、俺の部屋で過ごしながら話し合いましょう。逃げようなんて考えないでくださいね」

……ぜ、前言撤回。やっぱり彼は冷徹な悪魔だ。

それも、やばい対価を要求するタイプの。

ここでようやく、どうして私が彼と結婚するという話に帰結したのか理解できたのだった。

夕食後。驚きの展開についていけない中、私はあれよあれよという間に真尋さんにエスコートされて、彼が予約していた水上ヴィラへ連れ去られることが決定した。

母は麗香おばさまと一緒に過ごし、予定を数日も早めて明日の夜には帰国するらしい。

「ニーナの引っ越し準備は先に進めておくわね」

なんて言われて、私は鳩が豆鉄砲を食ったような顔をしてしまった。

多忙な真尋さんはと言えば、ラスベガスで仕事を終えてすぐに現地空港からモルディブへ飛び、その足で先ほどのレストランへ来たそう。そのため現在はチェックインの最中だ。

それにしても、その……。

逃げたりしないから、腰を抱き寄せないでほしい……っ！

羞恥心で爆発しそうな心臓を抑えながらそう思いつつ、彼の逞《たくま》しい左腕の中で少し身をよじる。

初めて訪れた国で結婚相手から逃走するほど、私の肝は据わっていない。

それに、お母さんの借金やブランド存続の件もあるし……。大切な荷物だって、彼の部屋に運び込まれてしまった後だし……。

私はもう腹をくくって、彼の予約していた部屋へ行くしかないのだ。
この後の展開に不安と心配でドキドキしている私とは正反対に、真尋さんは涼しい顔をしていて、この瞬間もフロアにいる世界各国からバカンスに来た女性たちの熱い視線を独り占めにしている。
《あれってマヒロ・シジョウじゃない？　隣にいる子供は黒髪ね、妹かしら？》
《ふふっ、迷子防止って感じ。過保護なのね。だけど見て、あの捲ったシャツの袖から見える腕》
《ああん、なんて完璧でセクシーなの。あの腕に抱きしめられたいわ》
《恋人と一緒じゃないのなら夜は空いてるわよね。バーに誘ってみましょうよ》
胸元がガッツリと開いたノースリーブドレスを着ている見るからに海外セレブみたいな女性たちが、黄色い声をあげてしなを作りながら、有名映画のワンシーンみたいにはしゃいでいる。
日常会話程度の英語なら多少わかる私は、彼女たちから飛び出した『子供』『妹』『迷子防止』という言葉に顔を引きつらせてしまった。
確かにお姉さんたちと比べたら胸もお尻も小さいですが、日本人女性としては平均レベルで……って、あれっ？　平均レベル……だよね？

チラチラと周囲をうかがった私は、ロビーで過ごしている異国の女性たちのプロポーションを目の当たりにしてしまい、ずーんと暗雲を背負う。

真尋さんとの関係が深いわけじゃないので、ここでヤキモチを妬いたりはしないけれど……やっぱり彼の隣に立つとそう見えるんだなぁと、なんだか女性としてちょっと切ない。

そんな私の視線に気がついたのか、ふと彼が私を振り返る。

「仁菜さん、どうしました？」

「い、いえ」

高身長の男性に無表情で見下ろされると威圧感がはんぱない。先ほど聞いたところ、一八六センチもあるという。私とは三十センチ以上も差があるのだから、この威圧感も頷ける。

けれど確かに、ため息が出そうになるほど絶世の美貌だ。

鍛えているのか、長身の体躯はすらりと細身ながら胸板はほどよく逞しく、ウエストラインは美しく引き締まっていて、胸が痛くなるほどの大人の色香を感じずにはいられない。

私は彼を見返し続けることができずに、そっと視線を外す。

その時。先ほどの女性たちがピンヒールを履いたすらりと長い足をさばいて、モデルさながらにやってきた。
《ハァイ、お兄さん。今夜は私たちと一緒に飲まない？》
《世界に数本しかない年代物の珍しい赤ワインを持ってきたから、バーに預けてるの。絶対に気に入るわ、美味しいわよ》
《そちらの可愛い妹ちゃんのお部屋には、ナイトキャップティーを持っていくようラウンジに伝えておくから》
女優のようなお姉さんが腰を折り、《もちろん、お砂糖とミルクはたっぷりでね》と私と視線を合わせてにこりと微笑む。
わ、わわ、これは完全なる子供扱い……！
グイグイくる彼女たちの押しと下心のある親切心に負けてたじたじになった私は、身を縮こませながら、反射的に「さ、さんきゅー」と答える。
そっか。真尋さん、今夜はお姉さんたちとバーで飲むのかぁ……。
胸の奥が、少しだけちくりと痛む。だけど、彼女でもない私が、真尋さんの今夜の予定を制限できるはずもない。
いくら交際ゼロ日で結婚することになったとは言え、まだ婚姻届にサインをしたわけでもないし……って、なんで当然のように結婚を受け入れてるの！　私って生存本能が強いだけじゃなくて、順応性も抜群だったとか？　ううん、この場合は押しに弱すぎる？　流されやすすぎるとも言う……？

いやいや、これは流されてるんじゃなくて、熟慮の末に取引に応じた結果で……っ。

混乱しまくった頭で、うんうん唸りながら自分に言い訳する。

というかよく考えたら、婚姻届にサインをした後も、私に彼を引き止める権利は発生しない。

彼女たちが判じた『妹』とは言い得て妙だな、と思った。

そんな時。

腰に回されていた真尋さんの腕が私をきゅっと抱き寄せたかと思うと、無骨な手のひらが壊れ物に触れるように優しく、腰のくびれた部分をそろりと撫であげた。

その身体の奥に甘い熱を灯すかのような不思議な感覚に、「ひゃあっ」と声が漏れる。

《可愛いでしょう？　彼女は俺の妻なんです。今夜は彼女とふたりきりで過ごすので、俺たちはこれで》

真尋さんは無表情のまま愛想笑いすら浮かべず、冷めきった表情で彼女たちを一瞥する。

それから恥ずかしげもなく、私の耳元に唇を寄せた。

《……行こうか、ニナ》

聞いたことのないほど色っぽい声音で吐息交じりに囁かれて、身体が小さく震える。

か、可愛いって、俺の妻って、今夜はふたりきりって……えっ、えっ!?

私はかつてないほど顔を真っ赤に染めながら、「ひゃ、いっ」っと変な返事をするのが精一杯だった。


その後、ホテルマンが恭しく案内してくれたのは、このリゾート内にひとつしかない極上の水上ヴィラである、プレジデンシャルスイートだった。

夕食前までくつろいでいた部屋と比べると、その広さも豪華さも三倍以上。

プライベートプールもふたつに分かれていて、リビングルームから階段を下りた先にあるプールは、エメラルドグリーンから宵闇の淡いラベンダーパープルに染まった海と一体化しているように見えた。

そしてこちらの部屋の開放的な大きな窓からは、エキゾチックな雰囲気の淡いライトやキャンドルが灯されたナイトプールに繋がっている。

とってもロマンティックだ。

「わあ……」

思わず、窓に手をついて眺めていると、後ろから真尋さんが部屋に入ってきた。

「プールで遊ぶのは明後日以降にしてください。風邪をひかれでもしたら困るので」

「え、あ、はい。すみません」

彼の無表情顔には、『はしゃぐな。遊びに来たんじゃない』と書かれているように思えて、私はしゅんと肩を落とす。どんな状況でも、初めて目にする非日常的なものについ驚いてしまうのは、旅行慣れしていない庶民のさがだ。

「それとも、君は無邪気なふりをして俺の限界を試してるんですか」

「試してるって？　どういう意味です？」

真尋さんは首を傾げた私のそばに近づいてくると、「無自覚か。一番たちが悪い」なんて言いながら、そっと私の左手を掬って彼の口元へ誘う。

すると彼は濃灰色の鋭い双眸の奥に陽炎のような熱を灯しながら、私の指先に「ちゅっ」と甘いリップ音を立ててキスをした。

ええっ！　ゆ、ゆ、指先にキスされ……っ。

心臓がドキドキと大きく音を立てて、彼に触れられている部分が痺《しび》れる。

それだけでも恥ずかしくて叫び出したいくらいなのに、私の顔の横に片腕をついた真尋さんに真剣な表情でじっと射貫《いぬ》かれて、頬が一気に熱くなった。

「てっきり俺は……君がこうして、可愛く誘惑してくれているのかと思って」

私の耳元に唇を寄せた彼は、ゆっくりと唇を開きながら冷たく低い声音で囁くと、耳朶《じだ》を食《は》むようなキスをした。

「ひゃあっ」

私はぴゃっとその場で飛び上がって、慌てて耳を押さえる。

「ゆ、ゆゆゆ誘惑だなんて！　滅相もありませんッ！　そんな、不埒な考えは起こしてないです、はいっ」

「そこまで否定されるとさすがに傷つくな」

鷹揚《おうよう》な所作で私から離れた彼の態度で、私がていよくからかわれていたのだと知る。

「だいたい、ふたりきりになってから一番にベッドルームに向かったのは君の方だ」

「えっ？」

私は慌ててハッと弾かれたように周囲を見回す。エキゾチックなナイトプールを臨めるよう、部屋の奥にはキングサイズのベッドが設置されていた。

どうやら、自分の荷物が入ったトランクを探しながらふらふらと侵入した部屋は、プレジデンシャルスイート唯一のベッドルームだったらしい。

「えっ!?　あっ」

真っ白なシーツの上には赤い薔薇の花びらでハートが作られている。明らかに新婚旅行に訪れた夫婦向けの特別サービスで彩られていて、いたたまれない。しかもベッドサイドテーブルに置かれている香炉からは、オリエンタルな印象の強い、官能的で華やかなアロマエッセンスの香りが漂っていて、いかにもな雰囲気だ。

「この香りは確かイランイランですね。催淫作用があると噂の」

……さ、催淫作用!?

私の視線を辿って香炉に辿り着いた真尋さんが解説してくれたが、冷たい無表情の口角に薄く浮かべられた意地悪な笑みで、私をからかっているのがわかった。

悪魔と呼ぶにふさわしい彼の色気が、ナイトプールから溢《あふ》れる淡い光とイランイランの香りのせいで、とても淫靡に匂い立っている。

そういえば異性とふたりきりでお泊まりどころか、ほとんど会話すらした経験がなかったのだと思い出した私は、限界に達した羞恥心ではくはくと音にならない声を出す。

きっと顔どころか、首から耳まで全部真っ赤に染め上げているに違いない。

ううう、恥ずかしすぎて身体が熱い。

私がそわそわと所在なさげな様子を隠しきれずにいると、真尋さん眉を下げて「ふっ」とかすかに笑い声をこぼした。

「お子様」

「……うっ」

たぶんこれは悪口だ。

だけどなぜだか、真尋さんに言われると憎めない。

彼の鋭い目元がかすかに悪戯っぽく細められて、あたたかな色がわずかに宿る。それは、つい漏れてしまったような心からの笑みのように思えて。

私は驚きに目を丸めて、きょとんとせずにはいられなかった。

二章　離婚前提夫婦の新婚初夜

荷物整理を終え、異国情緒で瀟洒な調度品が揃えられたリビングルームに置かれたソファセットで一息ついた私は、向かい側に座った真尋さんと今後について話し合いを進めることになった。

夕食時にレストランで話していた通り、母は海外進出のための多額の資金をラスベガスで持ち逃げされ、持ち前の自由奔放な性格……というか豪胆な度胸を発揮して、持ち逃げされた資金を取り返し、さらに私へ生前贈与するための資金を作ろうとしてカジノで大負けをしてしまった。

そんな問題の一切を私との結婚を条件に解決してくれたのが、目の前にいる真尋さんだ。

「仁菜さんとの結婚という条件は、俺から提示しました」

「それは、いったいなぜですか？　契約書を交わして月々の返済義務を課していただけたら、それに則って母と私で支払っていきます。返済までに何年かかるかはわかりませんが……それが最良の選択のはずです」

それを、返済を迫らない代わりに結婚しろだなんて。

「うちは血縁者に大物がいるわけでもない普通の庶民で、見ての通り私は平凡な容姿しか持ち合わせていません。……真尋さんとは家柄もなにもかも、釣り合わない」

借金を肩代わりしてくれたのは本当にありがたいが、彼のような引く手数多のイケメン御曹司が、私と無理やり結婚なんてしなくてもいいはずだ。

「姻戚関係は重視していません。それに、君の容姿が魅力的かどうかは俺が決めます。君の基準は関係ない。俺と釣り合わないなんて二度と言わないでください」

真尋さんは不機嫌そうな様子で、私を冷たく睨む。

そ、それって、いったいどういう意味なんだろうか。

まさか『可愛い』って思ってくれていたり、とか……？　さっきも、その、指先にキスされたし……っ。

って、いやいや！　そう思ってこの表情だったとしたら、表情筋が動いてないにもほどがあるよね？　さっきのやりとりは冷徹悪魔の悪戯にすぎないはず……！

こんなに不機嫌そうに睨んでおいて、私を『可愛い』なんて思う感情を抱いている方が驚きだ。

なにしろ趣味や仕事柄、家から出ないので色白で華奢な体型はしているけれど、凹凸はなくて身長も一五〇センチと高くない。

せっかくのぱっちりとした黒目がちな瞳も、垂れ目な目元のせいで見事なたぬき顔である。

そして人生でよく突っ込まれてきたが、胸のあたりまである長い髪はまったくヒロイン感のないカラーリング。平々凡々な普通のモブ、それが私なのだ。

「その、たとえそうだとしても。私との結婚で、真尋さんが得られるメリットなんてありません」

「メリットならありますよ。この結婚で俺は後継者争いを制することができる」

「後継者争い……？」

私は眉をひそめる。

満開のプルメリアの下で話すような話題ではない。観葉植物としてソファセットのそばに置かれている南国の木からは、甘くて爽やかな香りが漂っている。それがなんとも、この状況とミスマッチだった。

「『Croix《クロワ》 du《デュ》 Sud《シュッド》』は祖父が設立し、代表取締役社長と兼任して代表デザイナーを務めており、主要デザイナーには俺と専務取締役の従兄が就任しています」

「雑誌などで存じあげております」

「では話が早い。先月、親族が集まった食事会の折に、病状が想像より早く悪化していた祖父が、代表デザイナーの引退を決意したんです」

病状が思っていたよりも進行していたということは、まさかお祖父さまの死期が近いということなのだろうか？

「その、お祖父さまのご病状は……？」

「胃癌です。医者からはその時点で余命半年と宣告されています」

「そんな」

私はショックで口元を覆《おお》う。

まったく会ったこともない人だ。

けれど雑誌やテレビなんかでは、昔からお元気な姿を見かけていた。海外の授賞式でレッドカーペットを歩いている中継なんかも見たことがある。

病状も自分の父と同じだったからか、なおさら重ねてしまってショックだった。

「祖父は引退に際して、『次期代表デザイナーは自分自身の〝大切なもの〟を正しく理解し得た者に任命する』と宣言しました。従兄はそれが遺書や印鑑類だと思ったようですが、祖父がそんな軽薄なことを言い出すはずがありません」

「というと……？」

「俺が思うに、祖父の言う〝大切なもの〟は四条の血縁を指しているのだと。要は『妻帯者になり四条の血筋を継ぐ意志のある者に、会社も任せる』と言いたいのだと解釈しました。俺たちが能力主義で仕事一辺倒なので、『四条の血筋を継ぐ意志もない』と若輩者扱いをされているのかもしれない」

もし家庭を持ってほしいというのがお祖父さまの本当の願いなら、若輩者扱いというよりは……会社経営を任せてきた孫たちに、大変な今の時期だからこそ自分に遠慮せず恋愛や幸せな結婚をしてほしいと考えているように感じられるけれど……。

「その……真尋さんがそう思った理由は、なぜなんでしょうか？」

膝の上に肘をつき、神妙な様子で両手を組んだ真尋さんは長い睫毛を伏せた。

無表情だった顔にすっと影が落ちる。

「祖父は早くに最愛の祖母を亡くしました。海外に拠点を置く『Croix du Sud・International《インターナショナル》』でCEOを務める長男は結婚しておらず、俺の母にあたる長女も、従兄の母にあたる次女も早くに離婚していて、現在はそれぞれ海外で再婚しています。そんな中、祖父が預かって男手ひとつで育ててきた孫同士は不仲、と家族問題が多かったためでしょうか」

「な、なるほど……」

麗香おばさまと真尋さんには複雑な事情があり、幼い頃から別々に暮らしていたらしい。

けれど大変な時に麗香おばさまが連絡して、息子の真尋さんがそれを手助けするくらいだから、母と息子としての関係性は良好みたいで少しホッとする。

「祖父を中心に血縁関係下で成り立っていた会社の骨組みが、このままではバラバラになりかねない。それを危惧し、家庭を持ち、新しい四条家の中心となり血筋を継ぐ意志があると正しく理解して先に妻を得た者が、『Croix du Sud』の次期代表取締役社長に就任し、代表デザイナーになれる」

真尋さんの口から理路整然と順序立てられた説明を聞いているうちに、確かに真尋さんの得た答えが正解なのかもしれないと、私も思い始めてきた。

今や世界的なプレタポルテとなった四条家を率いるお祖父さまが、後継者を気にしないわけがない。

「俺は後継者が必ずしも四条の血縁であるべきだとは考えていません。世界的なブランドを見ても、昨今は縁戚関係にこだわっている会社の方が少ない。ですが、代表デザイナーの座を従兄にだけは譲りたくないんです」

真尋さんがぐっと握った拳を見つめて告げた言葉には、冷静さの奥に怒りが宿っていた。

「従兄のデザインアプローチは根幹が祖父とは大幅に異なっていて、このままではすぐに『Croix du Sud』の築いてきた地位は失墜します。祖父が大切に育て、多くの顧客が長い人生をともにしているブランドを好き勝手にされるのは阻止したいんです」

真尋さんの透き通った双眸が私に向けられる。

真正面から、視線が絡み合った。

「だから君のお母さまを助けた。——君を俺の妻にするために」

「あ……っ」

彼の瞳の奥で仄暗《ほのぐら》い熱が燻《くすぶ》っている。

喉にきゅうっと切なさがせり上がってくるような、胸が痛むような視線に困惑してしまい、私の唇から、思わず意味のない音がこぼれた。

「先ほども言った通り、俺は後継者が必ずしも四条の血縁であるべきだとは考えていません。祖父が最期に望む四条家の姿を見せることができて、従兄との後継者争いを制すことができたら俺はそれでいい」

今は小さな、燃え上がることすら許されていない炎がなにを欲しているのか、私にはわからない。ただそれは、静かに『誰にも渡したくない』と叫んでいる。

強い独占欲、だろうか。

胸の奥がそわそわとして落ち着かない。

正体を探るために見つめていただけなのに、なぜだかこちらの身が焦がされそうだと思った。

彼が燻らせている独占欲の前から、今すぐ裸足で逃げ出したい。

そう思うと同時に、こんなに情熱的な感情を静謐《せいひつ》に秘めている真尋さんを、私も助けてあげられたらいいのに、と胸が苦しくなった。

「対価としてのこの結婚ですが、離婚前提という契約結婚で構いません」

「離婚前提、ですか？」

「ええ。祖父の余命は半年、後継者として正式に代表就任後、周囲が安定するのを含めて一年くらいでしょうか。延長はありませんが短縮は検討しますので、それまでの期間で上手く夫婦を演じてくれれば結構です。君も、人生を無駄にしたくはないでしょうから」

そう告げて、真尋さんは婚姻届と離婚届をローテーブルに置いた。

夫の欄にはすでに〝四条真尋〟の文字がある。神経質そうな硬くて流麗な筆跡は、まるで彼の心を表しているみたいだった。

この結婚は、お互いを永遠に愛すると誓う恋愛結婚とも、将来あたたかい家庭を作りましょうと誓い合うお見合いとも、家同士を血縁で結びつける政略結婚とも違う。

もしかしたら世界には、しがらみだらけの大変な結婚も存在しているだろう。

それでもひっそりと心の中で、いつかは愛し合えるかもしれないと……夢見ることは許される。

けれどもこの結婚は、夢見ることすら許されない。

一年後に離婚が確定している、愛されないことだけは約束された結婚だった。

……あはは。苗字を変えたいから結婚したい、なんて。子供っぽい言い訳だったんだなぁ。

口元が震えて、自嘲《じちょう》的な笑みがこぼれる。

私は今さら……二十四歳というひとりの大人になった今になって、心の奥底では私も誰かに愛されて、幸せな結婚がしたかったのだと気がついた。

お母さんみたいに情熱的で一途な恋愛がしたかったのかもしれない。

運命の人だと感じられる男性と、ドラマティックな恋をしてみたかったのかもしれない。

苗字を変えられるのなら結婚相手は誰でもいいわけではなく……愛し合う過程を経て、愛する人の苗字を名乗りたかったのだ。

だけど、この結婚は離婚前提なのだから、苗字が変わるのはいっときだけ。それはある意味、よかったのかもしれない。

だって私はこうして、自分が本当はなにを欲していたのか改めて認識した上で、離婚した時に再出発を切れる機会を与えられたのだから。

女手ひとつでここまで育ててくれた母のブランド存続、ひいては海外進出成功のためにも、私が彼と結婚して負債を肩代わりしてもらうしかない。

大変な時を大変とも言わず乗り越えてきた母に親孝行する時は、きっと今なのだ。

それに……。

結婚を迫るためとはいえ、私たち母娘を助けてくれた真尋さんの手助けもしたい。

頭の中で、溌剌《はつらつ》とした笑顔の母が『女はいつだって度胸が大事！』と胸を叩く。

「──わかりました。離婚前提の契約結婚で、どうぞよろしくお願いいたします」

私は腹をくくって真尋さんとの結婚を誓い、受け取った彼の万年筆で婚姻届と離婚届の両方にサインをした。

こうして真尋さんと私は一年後に離婚を控えた、新婚夫婦になったのだった。

そうこうしているうちに、現地時間の二十二時を過ぎていた。

「お先にシャワーをどうぞ」

と勧められ、ありがたくお風呂に入ろうとしてバスルームへ行った私は、豪華な金色の蛇口をひねってお湯を張りながら背後を振り返り、「うわっ」と小さく抗議の声をあげる羽目になった。

猫足のバスタブは可愛かったが、なにせ開放的すぎて壁もカーテンもない。

窓から眺められるプライベートプールや宵色に染まる海は壮観だが、ベッドルームからはなんとこちらが丸見えなのだ。

ま、まだ洋服を着ててよかった……！

ドキドキする心臓を抑えて、急いでリビングルームに引き返す。

真尋さんは先ほどと変わらずソファに腰掛けていて、なにやらフランス語で書かれた資料を読んでいた。

語学堪能なんてかっこいいなぁ。いったい何ヶ国語喋れるんだろう？

と、つい感心してから、「じゃなくてっ」とかぶりを振る。

「真尋さん、あのっ、絶対にこの部屋から出て来ないでください。いいですね？」

「……はあ。バスルームのことですか？　俺たちは夫婦になったわけですし、過剰に気にしなくてもいいのでは。今後は一緒に生活するんですから」

「そっ、それでも他人なんですから、気にします！」

「……他人」

真尋さんは少し不服そうに眉を寄せてムッとする。

なんだか、先ほどからちょっと感情表現が豊かになってきたように感じる。

気のせいかな？

「そうですね、わかりました。どちらにしろ仕事を片付けるので、俺によそ見する暇は微塵《みじん》もないとだけ伝えておきます」

あまりにも何度も言い含めたせいか、真尋さんは無表情の美貌をどことなくげんなりとさせている。

彼は視線を資料に戻してから、しっしっと犬を追い払うように私を部屋から追い出した。

「……解せない」

あたたかいお湯でたっぷりと満たしたバスタブに、身体を隠すようにぶくぶくと沈み込む。

異性とこんなに長く一緒に過ごした経験がなかった私は、こんなにも羞恥心でいっぱいいっぱいであたふたしているのに、真尋さんはペットでも見るみたいに平然としている。

「いくら無表情で冷徹な顔が標準装備と言ったって、少しくらい照れてくれたっていいのに」

離婚が決まっているにしても、一応夫婦になったのだ。こう、異性としてのドキドキとかないのだろうか。……ないか。

露出度の高いドレスを着たナイスバディのセレブ女性四人組に囲まれても、眉ひとつ動かさず平然と無視、というか塩対応だったし。

彼女たちがドキドキさせられないのなら、平々凡々な私には無理だ。

「……ううう、薔薇のお風呂なんて初めて。花びらすごい……」

お湯を掬うたび、薔薇の濃厚な香りが匂い立つ。

まるで花びらを素肌にまとっているみたい。なんだか、身の丈に合わない贅沢をさせてもらっている気がして、大変申し訳ない。

そう考えながらも、ベッドルームに侵入者がいないか、チラチラと様子をうかがう。

侵入者がいないことにホッとするのも束の間。視界には新婚夫婦仕様のベッドが映る。このスイートルームには、ここから見えるあのキングサイズのベッドしか寝台が存在しない。

「……夫婦になったと言ったって、さすがに別々に寝るよね？」

真尋さんと一緒に寝るなんて恥ずかしい。心臓が爆発しそうだ。

どうせ真尋さんは、ペットと寝るくらいの感覚でしょうけど！

恋愛経験ゼロの私には、すごく回避したい重大問題であった。

うーん、なにかいい解決策はあるだろうか。

「そうだ。真尋さんがお風呂に入ってる最中に、リビングルームのソファを独り占めしちゃえばいいかも」

普通はソファで就寝している他人を、わざわざベッドに運んだりはしないだろうから。ふっふっふ、完璧な作戦。

その作戦内容はこうだ。

一。まず真尋さんとお風呂を交代した後、客室係に電話して新しいシーツと枕を持ってきてもらう。

二。スマホで手早く明日の朝用のアラームをセット。そして先ほど交換したばかりの真尋さんの連絡先に、【先に寝ますね。おやすみなさい】とメッセージを送る。

三。リビングルームの照明を消して、枕を置いたソファに寝転び、持ってきてもらったシーツにくるまる。

「ふっふっふ、先手必勝！」

……そう思っていた時期がありました。

作戦通りにして、ふかふかのソファに横になって目を閉じていると、真尋さんが部屋に入ってきたのがわかった。

残念ながら入眠できていなかった私は、好奇心でそっと薄目を開く。

無表情の真尋さんは首を捻《ひね》り、少し不思議そうな様子でフロアランプを点けた。

そのせいで、彼の全貌が明らかになる。

モルディブの気候のせいなのか、はたまたお風呂上がりはいつもある程度の熱が冷めてから上着を着るのか。なぜだか彼は、上半身は裸で下に黒いスウェットしか履いていなかった。

「……っ」

私は思わず『ひえええ』と声に出しそうになって、唇をぎゅっと閉じる。

墨をこぼしたような黒髪は水に濡れてしっとりと艶めいている。

さらさらの毛先からは、拭《ぬぐ》いきれなかった水滴がつうっと綺麗な首筋、そして鎖骨へと伝っていき、ほどよく筋肉がついた逞しい胸板へと流れた。

それから綺麗に引き締まった腰のあたりをなぞって、スウェットに吸い込まれていく。

あんなに冷徹で無表情で、『Croix du Sud』だけが命みたいに潔癖な印象だった真尋さんのベストとシャツ姿の下に、こんな、滴るような大人の色気を漂わせている男性の体が隠されていたなんて。

私は急いでぎゅっと両目を強く瞑った。

ううっ、見てはいけないものを見てしまいました……！

申し訳ございません……っ。

恥ずかしくて、かあぁぁっと頬が熱くなる。

くらくらするような色香をまとっている獰猛《どうもう》そうな肉体を不意打ちで目の当たりにしてしまい、胸のドキドキが治らない。

早く、早くこの部屋から出ていってぇぇ。

頭を抱えてのたうち回りたい気分の中、私は必死に寝たふりをする。

けれど「……は？」という低い声で呟かれた一音を耳にして、またそろりと薄目を開いてしまった。

彼は片手で持ったタオルで髪を拭きながら、煌々と光るスマホの画面を見つめて、機嫌が悪そうな雰囲気である。

そうして彼は、あろうことか！　私が寝たふりをしているソファへとやってきてしまった。

「どこまで他人行儀にすれば気が済むんだ」

そう言って彼は私の膝裏に腕を回すと、シーツにくるまった私を軽々と抱き上げた。

人生初のお姫様抱っこに、『え、えええっ!?』と思わず叫び出したいのを我慢して、ごくりと息を呑む。なにせ私は寝たふりの最中だ。

けれども急に襲ってきた浮遊感と足場がないという不安感がすごくて、反射的にカチコチに身体を固まらせて、シーツごしに彼の胸板に縋《すが》り付いてしまう。

「……仁菜さん、変な遠慮はいらないのでベッドで寝てください」

「わ、私は今寝ています」

「なるほど。君は演技がすごく下手なんですね」

観念して見上げると、口角に薄く意地悪な笑みを浮かべた真尋さんから嫌味が降ってくる。

彼はそのまま部屋を出てベッドルームへ向かうと、私をベッドに降ろして押し倒した。

その衝撃で、純白のシーツを彩っていた真っ赤な薔薇の花びらが、視界の端でぶわりと舞う。それをフラワーシャワーみたいだと表現するには、どこか強引で、大人の色香が漂いすぎていた。

「仁菜」

しっとりと濡れた夜の帳《とばり》をまとったかのように妖艶な雰囲気の真尋さんが、至極大切な言葉を口にするみたいに私の名前を呼びながら、私の耳元にそろりと指先を這《は》わせた。

その、感じたことのない、耳を甘く融解させるような感覚に、無意識に身体が震える。

「契約した以上、君には俺の目的を遂行するために、上手く妻らしく振舞ってもらわなくては困ります」

「そ、それは十分わかってます」

「そうですか？　俺にはそうは見えない。祖父や従兄、それから会社関係者たちの前でも、他人行儀な態度を平気でとりそうだ。先ほどの、女性たちに声をかけられた時みたいに。君はなんと言っていましたっけ？」

「……さ、さんきゅー？」

「ああ、そうだ。妹だと肯定したんでしたね。夫になるはずの俺を、彼女たちの前に置いていくつもりでしたか？　……ひどい妻《ひと》だ」

真尋さんの甘い毒を孕《はら》んだような低い声が鼓膜を揺らすたびに、ドキドキが激しくなる。

ナイトプールに設置されたランプの明かりだけが淡く揺らぐ部屋の中で、いつの間にかシーツに縫い止められるような体制になっていた私には、顔をそらすくらいしか逃げ場がない。

「そうだな……幼い頃に恋心を抱いた相手と十数年ぶりにモルディブで再会して恋人となり、結婚したという設定でどうでしょう。それで四条家と君のお母さまを上手く騙《だま》してください」

すべての経緯を知る私の母は当然、これが契約結婚であることは理解しているだろう。けれどまさか、離婚前提だとは想像もしていないに違いない。

それどころか、もしかしたら契約結婚だとすら認識していないかもしれない。

うん、きっとそうだ。少し強引な形の出会いではあるけれど、引っ込み思案で恋愛経験ゼロの私が真尋さんと結婚して幸せになってくれたら……と、心から願ってすらいるかも。

だが、そんな母相手にも、真尋さんが『実は幼い頃に恋心を抱いた人』で、『こんな形だったけれど再会できて嬉しい』と嘘を吐き、あたかも恋愛感情がすでにあったかのように振舞って、離婚を悟られないように騙し通せと言われているのだ。

「できそうですか？」

「で、できそうですかって……。できなかったらダメですよね。大丈夫です、やれます」

恋愛経験はないけれど、一生懸命頑張って真尋さんの妻を演じるつもりだ。

「それにその設定だったら、その、私としても感情移入しやすいです」

「……へえ？　そう言われるとなんだか妬けますね。今夜からは俺が、君の夫なのに。――どうやら君には、わからせないといけないみたいだ」

真尋さんの瞳が冷たい熱を帯びて、私を射貫く。

「ま、真尋さん？　いったいなにをするつもりで……っ」

「先ほど声をかけられた時のように、人前で他人行儀に振舞われても困りますから。〝他人〟ではなく、〝夫〟という認識に書き換えようと思いまして」

真尋さんは美しい悪魔みたいに目を細めて蠱惑《こわく》的に微笑むと、私の頬に手を添えて親指ですりっと撫であげてから、ゆっくりと顔を近づけ——私の唇にキスをした。

突然の出来事に頭の中が真っ白になる。

何度も唇を食むようにキスを重ねられ、次第に甘くて強引になっていくそれに瞳がじわじわと熱くなる。

私は緊張できゅっと両目を閉じて、真尋さんから与えられるファーストキスにはふさわしくないほど大人なキスを拒めずにいた。

それどころか、どんどん、真尋さんを意識してしまい頭も心もいっぱいになっていく。

「口を開けて」

そう指示されて、熱に浮かされた思考で唇を薄く開くと、彼はゆっくりと口内に熱い舌を差し込んだ。

「ん、ん……っ」

真尋さんは私の警戒心を解きほぐすみたいに、角度を変えながらたっぷりと時間をかけて……けれど喉の渇きを潤す獣みたいに、熱を孕んだ視線で私を捕らえながら貪《むさぼ》るように口づけ続ける。

初めての深いキスにただただ翻弄《ほんろう》されて、私は息継ぎも上手くできない。

なのに体の奥が痺れるほど熱くなって、とろけてしまいそうだと思った。

こんなの、キスの経験がない私でもわかる。

たぶん、真尋さんはすごく上手なんだ……っ。

深く口づけられるたび艶やかな水音がして、彼の分厚い舌が丹念に絡められる。

そのたびに経験したことのない、お腹の奥がきゅうっと甘く痺れるような感覚が押し寄せてきて、とろけるみたいに全身が熱くなった。

でも、そんな風に感じているのが彼に伝わるのが恥ずかしくて、私は太腿を擦り合わせて、その甘い痺れから逃げるために身体をよじる。

けれどそんな仕草を見逃さなかったらしい真尋さんの、大きくて無骨な手のひらが、ナイトウェアの裾から入ってきて私の太腿の内側をいやらしく撫であげた。

その瞬間、ぞくぞくとするような切なくて甘い痺れが、火照り始めた身体を駆け上がる。

「ふぁ、んっ、……あ、ダメ……っ」

キスの合間に、思わず唇から自分のものとは思えぬほどの甘い声が漏れた。

甘く艶やかな余韻を残しながら、真尋さんがゆっくりと唇を離す。

美しい肉体を曝《さら》け出した上体を起こした彼は、冷たい表情をしているのに、獰猛な独占欲を秘めているかのような熱っぽい瞳で私を見下ろす。

血液が沸騰したみたいに熱くて、心臓がありえないほどドキドキと鼓動を速めている。

初めての深いキスに羞恥心だけでなく色々な感情を刺激され、私の心も身体も、一瞬の隙もないくらい真尋さんを強く意識していた。

「あ、あのっ、どうしてこんなことに……!?」

「どうしてって。君と俺が夫婦になったからです。新婚初夜ってご存知ですか?」

「えっ、新婚初夜? 言葉だけなら、知ってます、けど……っ」

「じゃあ問題ないですね」

「いえ、問題ありますね!?」

熱帯気候の島の穏やかな風が、開け放たれた大きな窓から吹き抜ける。穏やかな風が青白い月に照らされた白いレースのカーテンを揺らし、私たちの頬を撫でた。

ど、どどどうしよう。

私、キスだって初めてだったのに、こんな、こんな新婚初夜なんて……!

内心あわあわと慌てる私の心臓は、かつてないほどにドキドキと大きな音を立てている。

真尋さんに触れられるのが嫌か、と聞かれたら嫌じゃない。

むしろ、その反対で……。

甘く痺れる思考回路は、初めてのキスも、深いキスも、その先も、全部真尋さんがいいとさえ感じている。

きゅんと切なく震える胸には、淡い恋心の蕾《つぼみ》がふるりと膨らみ始めていた。

美しい顔をかすかに苦悶《くもん》で歪《ゆが》めた真尋さんは、その節くれだった綺麗な指先で私のナイトウェアの胸元を編み上げていたリボンをいじると、もったいぶるような仕草で結び目をしゅるりと解いていく。

引いては寄せる波の音にまぎれた衣擦《きぬず》れと、熱を帯び始めた呼吸音だけが耳を支配する。

私はあまりのことに堪えられなくなって、ぎゅっと目を瞑った。

「ま、待ってください」

「残念ですが、あまり時間をかけたくないので」

「そ、そんなっ。せめて優しく、してください」

「……優しく、ね」

そのご尊顔、絶対優しくする気なんてありませんね！

彼の冷たい指先が、お腹のあたりから胸の方へと移動してくる感覚が服の上から伝わってきて、『あ、ああっ』と声にならない羞恥心が全身を駆け巡る。

緊張からドキドキと早鐘を打つ心臓のせいで、どこもかしこもあっという間に火照っていく。

絶対に、今の私は顔だけじゃなくて首も耳もすべてが赤くなっているはず……っ。

そんな時、「ふっ」と思わず吹き出してしまったような声が聞こえて、私はつい目を開けてしまった。

冷たい印象しかなかった長い睫毛に縁取られた切れ長の目元が、艶やかに細められる。

「黒猫と土星とアイスクリーム？　変わった柄の下着を付けているんですね」

「へ？　……ひゃぁぁあっ⁉」

私は自分が身にまとっていた上下揃いの下着を思い出して、慌ててシーツを引っ張って胸元を隠す。

「こ、これは、『ぐっすりすやすや夢の中。黒猫さんと今夜はアイスクリームパーティー』をテーマに母がデザインした下着で、もう十年以上愛用しているシリーズでして！　天然コットン百パーセントの厳選やわらか素材でできているので身体にもよくて……っ」

混乱した頭の中には、母が手書きで描いた黒猫と土星とアイスクリームの絵がぐるぐる踊っている。

「カラー展開は星空ブルー、宵雲パープル、朝焼オレンジの三色ですっ。デザインは子供用から祖母世代が着るものまで幅広くっ、三世代で楽しめて……って、なにを語っているんでしょうか!?」

「初心《うぶ》にもほどがある……」

真尋さんは私に聞こえないほど小さく呟いて、ぐっとなにかを我慢するような苦悶の表情を滲ませてから、片手で顔を覆っている。

「あ、あのう……？」

「俺だって分別くらいあります。さすがに無理やりする趣味はないので」

真尋さんは私の額にかかっていた髪を、優しい手つきでそっと払う。

「まあ、これで君も俺が〝他人〟ではなく〝夫〟だと身をもって理解できたでしょうから。これくらい俺を意識できていたら、演技が下手な君でも彼らを騙せそうだ」

彼の言葉を借りるところの『新婚初夜』。

くすくすと面白そうな笑い声交じりの言葉に、私は今しがた旦那様となった極上御曹司の前で色気のない下着（ただしお気に入り）を晒してしまったのだと理解が追いつき、とうとう心臓が爆発した気がした。

ううっ、もうお嫁にいけない。

いや、もう真尋さんのお嫁さんになったんだけども。

心の中でさめざめと涙を流しながら、彼がからかうほど赤面している顔を両手で覆う。

そんな私にはお構いなしに、ベッドサイドに腰掛けた真尋さんが、乱れていた私の衣服を綺麗に整えてくれる。

呆れられただろうか。あまりにも子供っぽい、って。

そう考えつつ、顔を覆っていた指の隙間から見えた真尋さんの表情は……。

「……っ」

どこか愛おしいものを慈しむみたいに、優しかった。

私は、思わず息を呑む。

「明日も朝から予定が詰まっているので、早く寝てください。ああ、明日は五時起きで」

「えっ⁉」

「おやすみなさい」

真尋さんはさっさと布団に入って、こちらに背を向けて寝てしまった。

とんでもない状況で放置された私は、そもそも彼には最初から『新婚初夜』なんてするつもりがなく、夫として意識させるためだけに使った言葉に過ぎなかったのだと理解する。

だからさっき、『あまり時間をかけたくないので』って言ってたんだ。五時起きだから、早く寝るためにっ。

わああ、またからかわれてた……っ！

赤面した私は布団をかぶって彼に背を向けてから、もう一度頭を抱えることになった。

三章　仁菜先生の次回作にご期待ください

翌朝は早起きして朝食を食べた後、真尋さんが呼んだ現地のヘアメイクのプロによって綺麗にドレスアップをされた。

「これに着替えて」

と彼のトランクから、何十万どころか百万円は超えてしまいそうな『Croix du《クロワデュ》Sud《シュッド》』のドレスが出てきた時には、驚きで仰《の》け反《ぞ》った。

純白に、モルディブの宵色を思わせるシフォン生地を重ねた華奢なデザインのドレスはため息が出そうなほど可憐で愛らしい。まさに花嫁の理想が詰まったかのようなウェディングドレスだ。

しかもなぜだか、サイズもなにもかもぴったりで。

まさか私個人のために用意してくれたんじゃ……？　と、昨日よりもドレッシーな三つ揃え姿で隣に並ぶ真尋さんを見上げる。

けれど彼は終始無表情で、淡々とウェディングフォトグラファーと英語で会話をしている。……やっぱり、私のために用意してくれたような雰囲気は感じられない。

昨晩のあの、獰猛な独占欲を孕んだ熱っぽい瞳など見る影もなかった。

というか、昨晩の出来事は夢だったのではないかとさえ思っている。

「お誕生日おめでとうございます、仁菜さん」

「……あ、ありがとう、ございます？」

「俺からのプレゼントです。外さないでくださいね」

彼が手配していた現地の教会で参列者のいない結婚式をして、形だけの指輪交換をする。

だけども真尋さんが、かすかに震える私の左手の薬指につけた結婚指輪は――なぜだか形だけではない、彼にとって深い意味のあるものに思えた。

そうして、忙しく過ごしたプライベートヴィラでの日々も最終日を迎えた。

「色々と濃い五日間だったなぁ……」

モルディブでの時間を思い出しながら、私はなんとなく寂しさ紛れにひとりきりでスマホを眺める。

そこには先日撮ったばかりの真尋さんとのウェディングフォトがあった。

「これは全部……嘘、なんだよね」

四条家の皆さんやお母さんを騙す、演技のための……。

「愛されるはずのない形式だけの結婚が、こんなにも空虚だとは思わなかった」

そう思ってしまうのはたぶん、私が真尋さんに惹かれ始めているせいだ。

きっとこの先も、惹かれたら惹かれるほど、寂しくて切なくなっていく。

「……って、暗くなってどうする私。『女はいつだって度胸が大事！』そうでしょ？」

私はスマホをスワイプしてメッセージアプリを開き、高校時代から大の仲良しの親友ふたりと作ったグループのトーク画面に、真尋さんと教会で撮った写真をいくつか送る。

Nina【突然ですが結婚しました】

するとすぐに既読がついた。

Uta【え？　どういうこと？　お母さまと海外旅行に行ってたんじゃ？？　まさか結婚相手が誕生日プレゼント!?】

Eimi【お母さま規格外すぎてやばっ。でも旦那様超イケメンすぎ！　羨ましい！】

あはは っ、確かに我が家の母は規格外かもしれない。まさか海外旅行先で結婚相手と引き合わされて、しかも本当に結婚するだなんて、いったい誰が想像できるだろう。

前置きはこれくらいにして、その後は真面目な文章で家族の事情があり、本当に結婚することになったのだと説明した。

状況が状況だ。ずっと仲よく過ごしていた友人たちに、交際を隠して秘密で結婚したような印象があるのは嫌だった。

なので、これは自分にとっても突然の話だったと、本当のことを話した。

それから……誰にも秘密だけれど、これが契約結婚であることも。

最初は冗談だと思っていたらしい友人たちも、状況をちゃんとわかってくれたみたいで、真剣な様子で話しを受け止めて応援してくれた。

「だ、だけど、あまりにも重くて暗い空気に包まれてしまった……」

スマホの画面には、二十四歳女子たちによる人生への不安や大変さが長文で綴られている。

「こ、こんな空気感は私たちらしくない。ここは話題の中心である私が、明るく締めくくらなくては」

私は使命感に駆られて、新たなメッセージをたぷたぷと打ち込む。

Nina【ちなみに離婚予定は一年後になっております】

Eimi【え？　なんて??】

Uta【少女漫画かな??　ヒロインだけに】

気心知れた信頼できる友人たちとの軽快なやりとりにくすっと笑って、私も返信を打つ。

Nina【☆仁菜先生の次回作にご期待ください――！】

Eimi【逆にまだ始まったばかりでしょ～？】

Uta【頑張れニーナ、負けるなニーナ！　勇者ニーナの大冒険はこれからだ――っ】

いつも通りになった明るい彼女たちにエールを送られて、スマホを閉じる。

「うん、そうだよね。頑張らなくちゃ」

ここまで来たら内気なんて言ってられないんだから。

「というか、このまま真尋さんのペースに乗せられっぱなしもなんだかシャクだし」

期間限定の結婚生活とはいえ、せっかく一緒に暮らすなら、積極的に交流して楽しく過ごす方が絶対にいい。

「よーし、頑張るぞ！」

私は気持ちを新たに、真尋さんとの結婚生活を楽しむことにした。

日本に帰国後。私は実家から真尋さんが住んでいた港区にあるタワーマンションに引っ越すことになり、あっという間に同棲生活が始まった。

必要書類も役所へ提出を終え、正式な夫婦になったものの、それぞれ仕事が忙しいことも一緒に過ごす時間は少ないように思う。

「今の状況は、仮面夫婦というより同居人に近い？　いや、もしかして同居人以下？　空気かな？」

私のアトリエが実家の客間なのは変わらないので、私はそちらで過ごしてる時間が多いし、真尋さんは言わずもがな仕事で忙しく、残業や会食も詰まっていて家で食事をとる機会はほとんどない。

だからか、きっぱり最初に、『妻と言えど、君が俺の食事を作る必要はないので』と断られている。

『俺の部屋と書斎は入室禁止でお願いします。掃除もしないでください。共用部分はハウスキーパーに頼んでいますからご心配なく』

『あ、ハイ。わかりました』

同居初日の決め事の際、ツンとした無表情で言われてちょっとへこんだ。

プライベートを覗《のぞ》く気はないが、掃除禁止だけでなく入室禁止と明言されると、もしかして信用されてない？　と眉をひそめてしまう。

言われなくても、部屋の主《あるじ》がいない時に勝手に入ったりしないのに。

朝食はコーヒーだけと話していたから、それだけは私の朝食と一緒に準備することもあるけれど、同じテーブルで向かい合って着席する機会はまだなかった。このままでは、この先もそんな機会には恵まれない気がしている。

「真尋さんの家で妻という名のもとに色々自由にさせてもらっているけど、このままで果たしていいのかな……？」

せっかく稀有《けう》なご縁で一緒に住んでいるのだから、積極的に交流して、期間限定の夫婦生活を楽しく過ごす方が絶対にいいと思うのだけれど……。

なかなか取りつく島はない。

真尋さんは帰宅後や休日は書斎にこもって、デザイナーとしての作業に打ち込んだり、持ち帰ってきた仕事に没頭しているみたいだ。

時間を忘れて好きなことに一途に打ち込む真尋さんの姿勢には、好感を持っている。

そんな生活スタイルなので、私たちは指先ひとつ触れ合っていない。

モルディブでは、その……きききキスをされたり、押し倒されたり、しちゃったけど……っ。

もう二週間は真尋さんとは同じベッドで眠っているが、寝室には暗闇と静寂が広がるばかりだ。

「まああれは、真尋さんが私に強く意識させるために仕掛けた罠みたいなものだったもんね。私はものすごく意識したし、真尋さんだったら……って、ううう恥ずかしいっ」

ごにょごにょと言い淀む。

だけどいくら私がそう感じていたとしても、彼にとっては冗談で、本気じゃなかったはずだ。

「それに真尋さんは、自分の血を引く後継者が欲しいわけじゃない」

自分が後継者争いを制した後の数十年後に後継者を探す時は、実力と責任感を伴っている〝この人なら〟という人物にその座を譲りたいと語っていた。

だからこの離婚前提の契約結婚の条件には、『後継者を産む』＝『子作り』は条件に含まれていない。

あの夜にベッドに押し倒されたのだって、夫婦としての営みをしようとしての触れ合いではないのだから、ここに来て彼が私に指先すら触れないのは理解できる。

「わ、私だって、真尋さんに対して恋愛関係を期待してるわけじゃないよ？　最終的なゴールは離婚っていう、愛のない結婚なのは契約段階から確定事項だったもん。だから、その、そういう感情で悩んでいるのでは決してないです！」

私は今しがた出来上がったばかりの、うさぎのぬいぐるみを前に弁明する。

幼い頃から夢見ていたお嫁さんみたいに、愛されたいなんて、期待しているわけじゃない。

そういう感情で悩むのは、むしろ真尋さんに迷惑になっちゃう。

そうじゃなくて、うーん。

「やっぱり、あまり会話もなくすれ違いの毎日なのはどうかと思うんだよね。クオリティ・オブ・ライフ的にというか、心身の健康的にね？」

つぶらな黒いグラスアイの白いうさぎが、私の手によってこくりと頷く。

夏という季節柄、ラビットファーを短く整えて、手触りと肌触りをよくしたので毛も飛ばない。

高さ二十五センチほどのサイズのこのうさぎの右足には、病に効く薬草をモチーフにした刺繍と、我がアトリエ出身であると示すための〝N〟の字を入れてある。

まだいつになるか正式な予定は立っていないけれど、真尋さんが休みを取れる時に、お祖父さまの住まう世田谷《せたがや》区にある実家にお伺いする予定になっている。

この子は、その時にお祖父さまのお見舞いに持っていく子だ。

心臓となるオルゴールには、明るくて穏やかなハワイ民謡のメロディーを選んだ。

ハワイには思い出が多いと、なにかの折に真尋さんが話していたからだ。きっとそれは、大切なお祖父さまやお祖母さまと過ごした思い出だろう。そう思って、これにした。

「最初の一週間は様子見と思ってたけど……この状況で一年間過ごすなんてよくないよね。お祖父さまにも、真尋さんは元気で頑張ってるから心配ないよって伝えたいし。そのための結婚なんだから」

夫婦になったとは言え、冷徹仕事人間の真尋さんが今までの生活パターンを変化させるわけがない。

真尋さんはある意味、仕事のために私と結婚したようなものだ。

「意識させるだけさせておいて、こんなのってずるい」

私は真尋さんがこんなに気になるのに。

彼は、四条家や私の母の前だけで、私が妻の演技をできたらそれだけでいいとでも思っているのだろうか？

……思っていそう。確実にそう思っている気がする。

でも、彼がそういう人だというのは最初からわかってたことだ。

ここで私が諦めてどうする。夫婦っぽさとは、自然と滲み出るものだ。こんなにお互いのことを知らない私たちからは、たぶんなにも滲み出ていないに違いない。

「よーし、めげたりしないんだから！　真尋さんが大切に思うお祖父さまのためにも、ふたりで上げよう、クオリティ・オブ・ライフ！」

私はうさぎのぬいぐるみと一緒に、「えいえいおーっ」と気合いを入れた。

「ということで、朝ご飯は何派ですか？　私、作ります」

アトリエから真尋さんの家に帰宅し、先に夕食まで済ませていた私は、夜遅くに会食から帰ってきた真尋さんをリビングルームで待ち伏せして告げた。

今夜は真尋さんの苦手な従兄さんも同席していた会だったようで、彼はむすっとした表情のまま黒髪をかき上げる。

「朝ご飯？」

首元に指先を引っ掛けてネクタイを緩める彼から、お酒の匂いがする。

きっと従兄さんとの会食の席で喋りたくなかったから、いつもの無表情でお酒を普段の倍は口にしてきたのだろう。

最近は、なんとなく真尋さんの性格というか、機敏がつかめるようになってきた気がするかも？

ふうーっと息を吐き疲れた様子でソファに座った彼に、「お茶淹れたのでどうぞ」

と就寝前に飲むのに向いている烏龍茶《ウーロンチャ》を出す。

世界各国の取引先からの頂き物が多いこの家のパントリーには、様々なお茶やコーヒー豆が未開封のまま貯蔵されていた。

なんでも使っていいと言われていたので、中国茶用の蓋碗《がいわん》を使って今夜は台湾《タイワン》の東方美人茶を選んでみた。香り豊かで甘い蜂蜜色の水色《すいしょく》は、ささくれ立った気持ちも癒してくれるはずだ。

蓋碗からそっとお茶を喉に流し込んだ彼は、どこかホッとしたような表情を浮かべる。

どうやら後継者争いの相手である従兄さんがよほど苦手らしい。

「唐突ですね。朝はブラックコーヒーだけで大丈夫なのでなにも必要ないですと、初日にお伝えしましたが」

「そうなんですけど。やっぱりせっかくなので朝食を一緒に食べませんか？　期間限定の生活なので、せっかくだったら健康にいきましょう。心身ともに！」

隣に座った私を見下ろした彼は、かすかに片眉をあげる。たぶん『今日は変なことを言うな』という表情だろう。

「……じゃあ洋風の朝食で」

「了解です。ちなみにお昼はなにを？」

「大抵は会食の予定が詰まってますが、会食がない日はコンビニのサンドイッチとコーヒーですかね」

「ええっ⁉　朝もコーヒーだけなのに会食がない日はそれだけって、さすがに身体に悪そうな……！」

「わざわざ外に出るのも面倒ですし、毎回別のものを選ぶのも時間の無駄なので」

「それなら、私にお弁当も作らせてください。会食がない日を前もって教えていただけたら、その日に合わせて用意します」

働く母の手伝いをずっとしてきたため家事は得意だ。お弁当も、時々母の職場の人にも作るくらいの腕前がある。

「俺は別に、君にそこまで求めているわけではないので。この家の家事だって、ハウスキーパーに任せてくれたらそれでいい」

「いいえ。真尋さんには多大なご恩がありますから、できるところは私がやります。それにですね、こういうのが夫婦なんだと思いますよ」

たぶん。私の身近な夫婦といえば、お仏壇の父とそこに毎日語りかける母だけれど。

それから、いつも優しくしわくちゃな笑顔を浮かべて、『いってらっしゃい』『おかえり、仁菜』と、ランドセルを背負った私を迎え入れてくれた祖父母だ。

「真尋さんが言ったんですよ？　妻を演じてほしいって」

「……わかりました。それなら好きにしてください」

真尋さんは諦めたみたいな声で投げやりに告げたつもりなんだろうけれど、ちょっぴり口角が上がっているのは隠せていなかった。

目元も赤く染まっているように見える。お酒のせいかな？

「ふふふっ、好きにさせていただきます。明日の朝から楽しみにしていてくださいね」

でも、もしかしたら期待してくれているのかもしれないと思うと嬉しくなる。

そうやって少しずつ、彼の好きなものを知って、距離を縮め始めることにした。

プロの味ではない少し不揃いの朝ご飯や、幼い頃にお祖母さまが亡くなって以来食べた経験がないのだという手作りのお弁当に、真尋さんはいつも目を瞬《またた》かせてくれた。

会話をする機会も格段に増えたと思う。

「……今日のお弁当に入っていた茄子味噌炒め」

「はい」

「美味しかったです」

そう言って、ふいっと顔をそらしながら、空っぽになったお弁当箱を返してくれる。

そのまま彼は、難しい顔でムッとしていた。

不服そう、なのかな？　……ううん、これはかなり喜んでいるやつだな？

真尋さんは今日のメニューをまたすぐに食べたいけれど、リクエストしていいのか戸惑っていて難しい顔をしているのだ。リクエスト、気軽にしてくれていいのに。

「次もまた茄子味噌炒めにしましょうか」

笑顔で私が伝えたら、彼は目元を和らげて「お願いします」と照れたように微笑んだ。

真尋さんのこういう変なところで遠慮がちで不器用なところが、可愛くて好きだ。

こうして過ごしているうちに、一ヶ月が経過した頃には彼の表情のわずかな変化も随分読めるようになってきた。

最初に会った時は無表情だとか冷たいだとか、冷徹な悪魔かとか思っていたけれど、そんなことはない。

真尋さんが私に向けてくれる仕草の中には、いつだって少年のような優しさがあった。

たとえば、私が彼の分の食事を作ったり家事に追われたりすることで、ぬいぐるみ作家という仕事がおろそかにならないよう、部分的にお任せできるハウスキーパーの方を呼んでくれたりだとか。

たとえば、ベッドで私に触れないようにしてくれているのは、もしかしたら新婚初夜と告げたあの日に私を怖がらせたかもしれないと、思っているからかもしれないだとか。

なんとなく、そういう彼の不器用な思いやりが伝わってくるたびに、心があたたかくなる。

私は愛されないとわかっていながら、彼の冷たい眼差しの奥にある優しさに惹かれて、どうしようもなくなって……。

ひっそりと、恋に落ちていた。

結婚してから一ヶ月半が経った頃。

真尋さんのお祖父さまの病状が悪化し、大学病院に緊急入院したという一報が入った。

これまでも胃癌の治療や検査で入退院を繰り返していたそうだが、モルディブで話を聞いた時点で、お祖父さまは余命半年の宣告を受けていたはずだ。

詳細はまだわからないが、スマホで四条家の使用人の方と会話している真尋さんの言葉を聞いて、私も息が詰まる。

心配が募って、胸の上をぎゅっと拳で押さえた。

「……仁菜さん」

電話を終えた真尋さんが、こちらを振り返る。

「祖父は夜中に自宅の寝室で倒れて、そのまま救急車で緊急搬送されたそうです」

「そんな……っ。今すぐ病院へ行かなくて大丈夫なんですか!?」

「今は祖父の意識も戻っています。途中から電話を交代した祖父からは、『急いで来なくていい』と言われてしまいました。今のところは連絡が取れるくらい落ち着いているようですが、退院の時期はまだわからないと」

これまでの真尋さんは、時間があったらお祖父さまに会いに実家に帰っていたらしい。けれども、ラスベガスへの出張から帰国して以来、ここ一ヶ月ほど多忙な時期が続いていてまともな休日を取れなかったせいで、彼はお祖父さまとの連絡はスマホでしか取れていなかった。

そんな真尋さんにとって、緊急入院の知らせはまさに青天の霹靂《へきれき》だった。

連絡を受けてからずっと思い詰めたような表情をしている真尋さんに、私は『絶対に大丈夫ですよ。きっとよくなります』だなんて無責任なことは言えない。

私の父も真尋さんのお祖父さまと同じ癌で、終末期は在宅緩和ケアと看取りを選択した。

その時はまだ祖父母も健在で、家族一丸となって父の病気と向き合ったのだ。

だからこそ、言いたくても言えない慰《なぐさ》めの言葉だった。

「俺は祖父になにもできない。……情けないな」

「……いいえ。真尋さんは情けなくなんかないです」

大好きなお祖父さまの会社を守ろうと奔走し、お祖父さまの願いを叶えようと必死になっているのを、私は知っている。

こういう時……『私がずっとそばにいます』と夫を支えるのが、妻なのだろう。

だけど、離婚が決まっている私がそれを言う資格はない。

一年後には、私は彼のそばにいられない。『私がずっとそばにいます』なんて、それこそ真っ赤な嘘で、無責任だ。

なんと声をかけたらいいのかわからないまま、私は初めて、私から彼の手を握った。

日曜日。午前中の面会が始まる時間に合わせて家を出た私たちは、途中で花屋さんに寄って花束を購入し、大学病院に入院中だという真尋さんのお祖父さまのもとを訪れた。

広い病室は個室になっていて、ホテルライクな調度品があり落ち着いた雰囲気だ。ここなら真尋さんのお祖父さまも、ゆっくり静養できるだろう。

「初めまして。ご挨拶が遅くなってしまって申し訳ありません。真尋さんの妻の、仁菜と申します」

「おお、君が仁菜さんか。真尋から結婚したと、電話で話は聞いていたよ。わざわざ挨拶に来てくれてありがとう」

もうすぐ八十歳になるという真尋さんのお祖父さまは、病床できついだろうに、ロマンスグレーの白髪をきっちりと整えて私たちを待っていてくれた。

私は簡単な自己紹介とぬいぐるみ作家をしていることなどをお話ししてから、お見舞いの品として手作りのうさぎのぬいぐるみをお祖父さまに手渡す。

お見舞いにぬいぐるみを持ってくるのは賛否両論あるそうで、どうすべきか悩んだ部分もあったが、ペットに近い手触りのぬいぐるみを撫でるとセラピー効果が期待されると聞く。

同時に、色々な縁起も担《かつ》ぐことにした。

「実はうさぎは『薬を作る神様の使い』と言われている国もあって、無病息災と健康長寿を願う縁起ものなんです。うさぎの物を贈ると、重い病も早く治ると信じられている国もあるんですよ」

「それはそれは、ありがとう。大切にしよう」

うさぎの謂《いわ》れを紹介しながら、どんな反応をされるだろうかとドキドキしていたが、喜んでもらえたみたいでよかった。

お祖父さまはうさぎのぬいぐるみを皺々の優しい手で撫でて、右足に入った〝N〟の刺繍をなぞり、遠い記憶を呼び覚ますかのように目を細める。

「そうか……君が、あの」

そうしてお祖父さまは今にも泣き出しそうな顔で笑って、「ああ、言葉にならんな」としみじみと呟きながら唇を震わせる。

「仁菜さん、真尋を支え続けてくれて……本当にありがとう」

お祖父さまはとうとう感極まった様子で涙を流し、静かに私へ頭を下げた。

「お、お祖父さま、頭を上げてください！」

私はびっくりして慌てふためく。

「私こそ、真尋さんには支えてもらってばかりなんです。路頭に迷わずに済んだのも、真尋さんのおかげで……っ。本当に、頭を下げるのはこちらの方なんです！」

そう、借金とか借金とか借金とかぁぁっ。

真尋さんが『余計なことを口にするな』という鋭い目つきで私を睨む。

私はいかにして真尋さんが広院家を救ったかを、つい話し出しそうになっていた唇をきゅっと閉じる。

真尋さんが、私が失態をおかすのではないかと初日に危惧していたけれど、その予想はあながち間違いじゃなかったなとちょっと反省した。

お祖父さまは涙を流しながら真尋さんを見上げて、

「よかったなぁ。本当によかった、なぁ真尋」

お祖父さまは涙を流しながら真尋さんを見上げて、幸福を噛み締めている様子で呟く。

「……はい」

真尋さんは長い睫毛に縁取られた濃灰色の双眸をゆっくりと細めて、愛おしげにお祖父さまを見やった。

ああ、なんだ。そういうことか。

私はお祖父さまと対面した真尋さんの表情や言葉から、やっと彼の本心に気がついた。

言葉では色々と言っていたけれど……結局、真尋さんは男手ひとつで育ててくれた大切なお祖父さまの最期に、〝自分が家庭を持った幸せな姿〟を見せて、安心させたかったのかもしれない。

そしてお祖父さまも、きっと私が想像していた通りの人だったのだ。

会社経営を任せてきた孫たちに対し、大変な今の時期だからこそ自分に遠慮せず、孫たちがこれからの人生を一緒に歩んでいく相手との時間を大切にしてほしいと……恋愛や幸せな結婚をしてほしいと望んでいた。

だって、こんなにも真尋さんの結婚を喜んでくれている。

私は真尋さんがお見舞いに持ってきた花束を病室にあった花瓶に綺麗に整えてから、

「病院内のカフェで、なにかお飲み物を買ってきますね」

と声をかけて、祖父と孫の水入らずの時間を作るために病室を出た。

四章　無表情な彼の情動

「彼女が、真尋の心を支えていたあのぬいぐるみの作り手か。右足の刺繍の〝N〟のデザインはほとんど変わっていないな。技法は驚くほど上達しているから、一見するとあのぬいぐるみの刺繍と同じには見えないが……」

彼女が作ったうさぎのぬいぐるみを手に、祖父が「はっはっは。うむ、素晴らしい」とやわらかな笑みをこぼす。

「彼女にしかできない、愛情表現のようなものを感じる。真尋もか？」

「はい。……とても」

祖父の問いかけに、俺は眩しいばかりの幸福を噛み締めながら頷き、そっと瞼を閉じる。

何歳の頃だったか記憶にはないが、俺の自我が芽生え始めた時のこと――。

十代の頃から婚約者だった旧家の御曹司と政略結婚した母は、その窮屈《きゅうくつ》だった生活に耐えかねて、あっという間に離婚した。

仕事に復帰を果たした母は、まるでそれまでの時間を取り戻すかのように多忙を極めることに勤しむ。

祖父母の住む屋敷に身を寄せることになった幼い俺のそばには、もちろん母の姿はなく、その代わりにいつも祖父母が寄り添ってくれていた。

『お祖父さま、絵を描いているの？』

『そうだよ。今お祖父さまがこの紙の中に描いているドレスは、世界中を魅了する』

『それって、どんなお仕事なの？』

『お洋服のデザイナーさ。真尋が今着ているお洋服も、お祖父さまとお祖母さまが今着ているお洋服も、ぜーんぶ、私がこうやって描いて作ったものだよ』

そんな生活の中で、デザイナーという祖父の仕事に憧れを抱くのは至極当然であったように思う。

祖父がいない書斎にこもって、幼いながらも見よう見まねで洋服をデザインし、屋敷でのんびりと暮らす祖母にせがんで洋裁を習う。

まだ十歳にも満たない頃から『将来は祖父や伯父の跡を継ぐ』と決め、俺はそのための努力を惜しまなかった。

そんなある日。仕事で海外を飛び回っていた母が再婚を果たし、ハワイへ移住した。

《真尋もお母さまと一緒に来ない？》

《真尋、僕は君を息子のように思っているよ。ハワイで一緒に暮らそう》

アメリカ人だという新しい父にもそう誘われたが、俺は祖父母の屋敷に残った。

単純に母とは性格的な面で相容れないし、新婚夫婦の間に割り入るほど愛情に飢えてはいないと感じていたせいもあるが……もっとも根底にあった理由は、俺自身が祖父母と過ごしたかったからだ。

そんな、俺と祖父母が三人家族になった、初めてのクリスマスイブ。

まるで母と入れ替わるようにして、今度はひとつ年上の従兄が屋敷にやってきた。

『真尋、今日からお前に兄が増える』

祖父に肩を抱かれてダイニングルームの空いている座席に着席させられた少年は、ぎゅっと唇を噛み締めながら、『よろしく』と挨拶した俺に言葉を返すこともなく、ただこちらを睨んだ。

従兄の眞秀《ましゅう》は、俺がまだ母のお腹の中にいる時に生まれた。

『歳の近い従兄弟だ。ふたりが兄弟のように仲よく過ごせたらいいと思わんか？　ふたりに、縁ある名前を命名しよう』

そう祖父が願って、俺たちふたりの名前を考えたと聞く。

だがまさか、どちらも母親が離婚して祖父母の家に身を寄せ、祖父の養子として本当の兄弟になるとは思わなかった。

『俺は両親に愛されていなかったから捨てられた。お前もそうなんだろ？』

眞秀兄さんは、螺旋《らせん》階段で俺とふたりきりになったある日、そう言った。

『……違う。眞秀兄さんも、俺も、愛されてなかったわけじゃない。今だってお祖父さまとお祖母さまが、それから屋敷の使用人たちだって、俺たちを大切にしてくれてる』

『はっ。馬鹿だなぁ、真尋。大切にされてる？　……そんなのはまやかしなんだよ。じゃなきゃ、お前も俺もここに住むなんてあるわけねーんだ』

眞秀兄さんは自分が捨てられたと主張して、両親を恨《うら》んでいるらしい。

だからだろうか。眞秀兄さんは俺と兄弟になるどころか、祖父母の愛を独り占めしたがった。

『愛ってのは平等にもたらされたりしない。誰かと、必ず奪い合うものだ』

眞秀兄さんは双眸に憎しみの涙を溜めて、決意をした視線で俺を睨みつけた。

それから数ヶ月後――。

誰よりも家族から愛されたがった眞秀兄さんは、そのうちに俺を祖父母から遠ざけようとし始めた。

最初は、ほんの些細な嫌がらせだったと思う。

祖父母が見ていない隙に、愛用していた鉛筆を折られた。

『やめて、眞秀兄さん！』

『やーだね。自分だけ目立とうとするのが悪いんだよ。俺がお祖父さまの跡継ぎになる。ぜってぇお前には譲らない』

同じ屋敷に住んでいるのだから、眞秀兄さんが俺と同じ夢を抱くのは当たり前だったのかもしれない。

そのうちに俺の描いていたスケッチブックを取り上げられて着彩用の絵の具をでたらめに塗られたり、水入れの水を派手にこぼされたり……。

少しずつ、少しずつ、俺は自らの意思で祖父母から離れてひとりで過ごす時間が増えていく。

だが、それでも眞秀兄さんは飽き足らず、歳を重ねるごとに嫌がらせは次第にエスカレートしていった。

『返して、眞秀兄さん。大切にしているものなんだ』

大切にしていたデザイン画は、シュレッダーにかけられて修復不可能なくらいボロボロになった。

『それは俺の大切にしているものだから、ちゃんと返して』

時間をかけて作り上げた試作品は、ぐちゃぐちゃに切り刻まれた上でゴミ箱に捨てられていた。

そこまでくると祖父母にも見つかるようになり、眞秀兄さんはひどく叱られていたと思う。

けれども眞秀兄さんは奥歯をぐっと噛み締めて、堪えるばかりで反省の色を見せなかった。

俺も最初こそ、『大切にしているものだから返してほしい』と主張できていたが、言い返せば言い返すほど嫌がらせは悪化していく。

——大切なものほど、眞秀兄さんからひどく乱雑に扱われる。

だから次第に、『返して』と言い返すのを諦めるようになった。

そんな風に、言葉をひとつ失った十一歳の時だった。……持病を隠していた祖母が、突然亡くなったのは。

葬儀の前日。棺に横たわる祖母の、今にも起き出しそうな優しい寝顔を唖然と眺めていた俺に向かって、眞秀兄さんがバシャリとグラスの水をかけた。

『お前の授業参観のせいで、体調を崩していたお祖母さまは病院へ行くのが遅れたんだ！』

喪服に身を包んだ眞秀兄さんは、とめどなく涙を流しながら怒りの形相で言った。

『俺の、せい……？』

『そうだよ。お前がお祖母さまを大切にしたのが悪い。お前がいつも、返せ、返せって！　うるさく喚いて、大切にしているからって返してもらおうとするから！』

『それは……それは俺の持ち物の、話で……』

『ハッ。お前が毎日うっせーから、お祖母さまはお前を哀れんでたんだろ！〝大切にしているものは、絶対に返ってくる〟って。〝どんな形になっても巡り巡って返ってくる〟って、お祖母さまがお前に話してたの知ってるんだからな！』

俺は眞秀兄さんのその言葉に、──絶望した。

きっと、そうだ。眞秀兄さんの言う通りだ。

お祖母さまは俺が大切にしている人だったから……だから真心を、家族愛を、俺に返そうとしていた。

眞秀兄さんに捨てられた大切なものたちが、祖父や祖母の慈しみとして返ってきているのだと、育ての親として伝えたかったのだろう。

だから、幼い俺が『絶対に来てね』と告げた授業参観に来た。祖父の仕事関係のパーティーや食事会、婦人会などで忙しい祖母が、初めて来てくれた授業参観だった。

『そ、うか……。お祖母さまは限りある命の時間を、俺のために優先して……死んだんだ』

授業内容は、たかが壇上で将来のなりたい自分像を夢想して、参観に来た両親や祖父母の前で発表するだけの時間だった。たった、それだけのために。

あの日、祖母が亡くなったのは、眞秀兄さんの言葉通り——間違いなく俺のせいだった。

『……ごめんなさい。俺のせいで、お祖母さまの命を……っ』

溢れてきた涙を、ぐっと堪える。俺が悪いんだ。だから泣くことは許されない。泣いていいのは、眞秀兄さんだけだ。

葬儀の最中、俺はずっと祖母への謝罪と後悔でいっぱいだった。

これからは絶対に間違わないようにしなければいけない。

……大切なものを捨てられ、傷つけられないためには、大切だと主張しなければいけない。

……大切な相手を失わないためには、『大切だ』とその相手に知られないようにするしかない。

……ああ、そうだ。一番簡単なことは、大切なものを作らないこと。そうすれば全部、そもそも失わずに済むのだから。

その日から俺の感情はあまり動かなくなった。

情動が起こらない。笑顔なんて忘れた。

無愛想だとか、無表情で怖いとか、冷徹なやつだとか、その頃から散々言われるようになったが、俺にとってはどうでもよかった。

『むしろ褒め言葉だな』

それは俺が上手くやれている証拠だ。

十五歳の冬休み。

祖父の意向で、従兄と三人でハワイにある別荘へ旅行することになった。

男手ひとつで子供ふたりを育てることになった祖父は、どうしてか俺と母を会わせたかったようだ。

母が祖父母の家を出て以来、俺は母とはまったく会っていなかった。

俺を産み、幼い頃に愛情を持って育ててくれた母に対し、感謝していないわけではない。ただ精神が成熟するにつれ、政略結婚の末に産まれた息子が母と継父の家庭にどのような影響を与えるのか、想像するのは容易かった。

俺が祖父母と公的に養子縁組をしていたとしても、影響は変わらないだろう。

いつか時間が解決するのを待つしかない。

それに。イタリアに行ったきり、叔母さんが一度も眞秀兄さんに会いに訪れないのを知っていて、わざわざ敵愾心《てきがいしん》を煽《あお》るようなことをしたいとは思わない。

どれだけ眞秀兄さんから嫌がらせを受けていても、双眸に憎しみの涙を溜めながら、『愛ってのは平等にもたらされたりしない。誰かと、必ず奪い合うものだ』と言って俺を睨みつけた彼の寂しそうな顔を忘れられなかった。

祖父の仕事の都合もあり、ハワイでの滞在期間は年末年始にかけてと短く、荷造りは簡単だった。

俺はひとり屋敷の部屋で、トランクに必要なものを詰めた。愛用のスケッチブックと筆記用具と水彩絵の具、それから着替えだ。カメラはスマホを使ったらいいだろう。

『そういえば、前にハワイの別荘に行った時……お祖母さまがジャケットの丈を詰めてくれたな』

冬季の寒暖差で肌寒さを感じていた俺に、お祖父さまがお下がりのジャケットをくれた。

それは『Croix《クロワ》 du《デュ》 Sud《シュッド》』を立ち上げた初期にデザインされたもので、お祖父さまがとても気に入っていた思い出の衣服だ。

あの時より随分と身長が伸びた今羽織るには、また丈を伸ばさなくてはいけない。

だけどお祖母さまの思い出をもう一度ハワイに連れて行きたくて、俺はそのジャケットを手に取り、トランクの奥深くにしまい込んだ。

今思えばそれが最悪の決断で——。

運命の出会いを果たす、きっかけだった。

別荘に到着し、早速それぞれの自室に入れるかと思いきや、防犯意識の高い祖父が各部屋の鍵を外からかけていたのをすっかり忘れていて、しかもその鍵を日本の屋敷に全部置き忘れてくるというハプニングのせいで、リビングルームで立ち往生する羽目になった。

祖父が鍵屋を迎えに車で向かっている間、俺は時間を潰すために画材を取り出そうと、部屋の隅でトランクを開ける。するとすぐに、想像もしていなかった悲惨な光景が目に飛び込んできた。

『……っ！』

なんと大事なジャケットが、ズタボロの布切れになった状態で入っていたのだ。

きっと、俺の知らないうちに眞秀兄さんが鍵を開けていて、ハサミで切り刻んだに違いない。

俺はあまりにもショックで、切り刻まれたジャケットを手にしたまま、動けなくなった。

眞秀兄さんは両親に捨てられたと信じ込んでいるから、俺の母親に会いに来たこの旅行に対し、いい印象を抱いていなかったのだろう。それどころか、憎しみすら抱いていたかもしれない。

だからって、眞秀兄さんも大切にしていた祖父母の、思い出の衣服に手を出すなんて思ってもみなかった。

俺の反応を心待ちにしていた様子の眞秀兄さんが、リビングルームのソファに踏ん反り返って足を組んだ姿勢で、『はは。ざまあみろ』と呟く。

『……ぐっ』

俺は奥歯を噛み締めて、それを手にしたまま別荘を飛び出した。

別荘近くの砂浜で膝を抱えて座り込み、寄せては返す波を見つめる。

その日は、祖母を亡くした時の絶望感が蘇ってきて、なにもかもが真っ暗に見えた。

修復しても決して衣服には戻れないくらい切り刻まれ、ズタボロの布切れになってしまった祖父母との思い出のジャケット。それを、見るのも辛くなってきて――。

この悲しみを、悲しさを覚えさせる大切なものを、いっそのこともう捨ててしまおうと思った。

だって、目の前が真っ暗だ。

『自分から捨ててしまえば、なにもかも楽になる。……そうだろう？』

ぽっきりと心が折れてしまう寸前だった。将来に対して抱いていた夢も、諦めてしまおうかと思った。

そうして、ビーチに設置されていたゴミ箱に俺が大切なものを捨てようとした、その瞬間。

『ねえ、それ！　捨てちゃうの!?　大切なものなのにっ』

走って来たのか『はあはあ』と肩で息をする少女が、日本語で俺に叫んだ。

その見知らぬ少女を、俺は先ほどから一方的に知っている。この砂浜の波打ち際で、俺の母親と一緒に喋っていた女性の娘だ。

そういえば俺たちの到着予定日は、親友とその娘を家に招待するのだと母が話していたな、と思考の片隅で思い出す。

このビーチは母の家に近い。だから祖父母が、この近くに別荘を買ったのだ。

数分前、こちらに気づいた母が一度こちらに手招きしたのを、俺は首を横に振って拒否していた。

『あの、その……』

もともと内気な少女なのか。勢いで声をかけたはいいが、この後はどうしようかと悩んでいるのが手に取るようにわかる。

『……ずっと、それを抱えて悲しそうな顔して、ました。だからその……捨てちゃいけないものなんだと思って』

年下の少女に当てられて、俺は『ああ』と自嘲気味に口元を緩めた。

『大切だから捨てるんだ。これ以上、大切なものを失わないために』

そう告げると、彼女は唐突に大泣きし出した。

『そっ、そんなの……おかしいぃぃ。大切なもの、捨てないでぇぇ』と。

それはまるで、心の奥底で膝を抱えていた小さな俺を見ているみたいだった。

まさか女の子を泣かせた経験なんてなかった俺は、それまでの絶望感を忘れて、慌てて彼女に名前を聞いた。泣きやませようと思ったのだ。

『名前、ニナぁぁぁ』

名乗ったが大泣きだった。

そしてなぜだか『私が直す』と布を欲しがったニナに、結局俺はそれを託した。無にしか繋がらない場所へ捨てるよりは、この大泣きしている少女が活用してくれたらそれでいいと思ったのだ。

『ひくっ、明日……っ、この時間にここに来て！』

言うだけ言って、ニナは走って逃げていった。

翌日、約束の時間にその砂浜に向かうと、夜更かしをした様子のニナがいた。

『この子が、お兄ちゃんの世界にひとつだけの思い出のかたち。大切な記憶、絶対に忘れないで』

上手にパッチワークされて、真新しい紺色のリボンを首に巻いたうさぎのぬいぐるみとなって返ってきた祖父母のジャケットを見て――……俺は別荘の自室でひとりきり、声もなく泣いた。

ハワイから帰国後。それとなく母にニナのことを聞き出し、彼女の名前が広院仁菜というのだと知った。

おとなしい性格の仁菜は、ぬいぐるみ作りが趣味だそうだ。

幼い頃に父を亡くしていた彼女は、思い出の詰まった父の衣服からぬいぐるみを作ったり、祖母に手習いして着られなくなった衣服や端切れを使って普段からパッチワークをしていたらしい。

その話を聞き、なるほどと俺は納得した。

彼女にとって、あのズタボロになった布はまだまだ輝ける素材だったのだ。

祖父母の思い出の詰まったジャケットでできたうさぎのぬいぐるみは、それからというもの俺の心の拠り所になった。

仁菜が作ってくれたぬいぐるみが決して眞秀兄さんに見つからないよう、株取引などで長年貯金していたお金で頑丈な金庫を買って、そこを保管場所とした。

それから数年後――。俺は難関国立大学に入学後、数ヶ国へ留学した。

大学卒業後は祖父の会社に入社。武者修行を経て、取締役副社長の座に就いた。

そんな毎日でも、仁菜の存在を忘れたことはなかった。

母に仁菜のことを尋ねて以来、お節介な母からはことあるごとにスマホを介して仁菜の写真が送られてきていた。仁菜は、関係が希薄化していた俺と母をも繋げてくれたのだ。

あの時、大泣きしていた小さな作家が高校に入学し、テディベアのコンテストで賞を獲得したと聞いた時には感慨深い思いがあった。長年応援している憧れのぬいぐるみ作家が、とうとうデビューしたのだから喜びも一入《ひとしお》というものだ。

しかし、翌春。『ニーナちゃん、大学生になったそうよ。大学は共学みたい』と母からのコメントが添えられた仁菜の姿を目にした途端、一気に色々な感情が胸を渦巻き、苦しくなる。

その時初めて、彼女が俺以外の男のものになるのが気に食わないと……腹の底から湧き上がってきた独占欲を、自覚した。

好き、なんて純朴で爽やかな言葉では言い表せない。

俺はきっと、あの瞬間から、一途すぎる初恋と執着に似た独占欲を拗らせていたのだ。

情動が正常に働かぬ裏で、大切な人を作れない俺が秘める渇愛は、少しずつ、少しずつ、どろどろに煮詰まっていく。

彼女へ気持ちを伝える予定もないくせに恋情だけを募らせていく自分は、どうしようもなく傲慢で、愚かだと思った。

そうして無情にも、また数年が経過し——。海外出張でラスベガスにいたところ、母からの突然の連絡で、仁菜の母の借金を知った。

詐欺に遭ってそのお金を取り戻すためにカジノに行くなんて、馬鹿げた真似をしたものだと思う。しかもカジノに誘ったのは俺の母親だというのだから、心底呆れた。

だが、今度は自分が手助けする番だとも思った。

結婚という条件が出てきたのは、後継者争いに勝って祖父のブランドを守るために必要だったからというのもあるが、なによりも……彼女を過大な借金のせいで、路頭に迷わせたくないという思いがあった。

借金の金額は五億だ。母を助けるために彼女が、大金を手っ取り早く稼ぐ手段として、身売りでもしたら——。

そう考えただけでひどい目眩がして、自分の目の届く範囲に縛りつけておきたくなったのだ。


「……真尋。お前が大切なものを〝大切だ〟と、主張できるようになってよかった」

病床の祖父が、仁菜さんから受け取った見舞いの品をベッドサイドのテーブルに置く。そこには数ヶ月前に久々に四条家が全員揃った食事会で撮った、家族写真があった。

「お前を長年支え続けてくれた仁菜さんのことも、次期代表デザイナーという地位や会社の未来、そして私やお祖母さまのことも……全部、大切でいい。大切にして、いいんだ」

「……そう、でしょうか」

「そうだとも」

思い出の中のどの祖父よりも深い皺が刻まれた目元を、やわらかく細める。

癌が進行してから頬がこけ、肩幅が減ってしまった祖父は、「真尋」と手招きをして幼い頃のように俺を呼ぶと、細くなった両腕で俺の肩を抱きしめた。

「同じ人生ならば、失う恐怖に怯《おび》えて生きるのに時間を費やすのではなく、大切なものを愛おしむために言葉を尽くし、行動を起こし、時間を使いなさい」

俺は今……祖父からそう言われてようやく、自分自身が抱いていた感情を理解できた。

きっと俺は祖父の最期に、本当に大切な人と結婚して幸せになった姿を見せて安心させたかったのだ。

「……はい」

俺は、そっと目を閉じる。

このまま彼女と生涯幸せに暮らせたらいいのにと願う。離婚なんかしたくない。

しかし、祖父からそう言われても考えを覆せないほどの不安が、胸の内側にこびりついている。大切だという感情が相手や他者に伝わることが、どれだけの絶望を生むのか——。あの日の悲しみと後悔を、忘れられるわけがなかった。

人生は有限だ。だから、祖父の言う通り失う恐怖に怯えるより、大切なものを愛おしむために生きる方がよほど幸福で満たされた人生になるに違いない。

だがそれでも……。この先、彼女を愛おしいと感じるたびに、俺はきっと今までよりもずっと深く、彼女という存在を失うことへの恐怖を覚えるだろう。

大切なものを捨てられ、傷つけられないためには、大切だと主張しなければいい。

大切な相手を失わないためには、『大切だ』とその相手に知られないようにするしかない。

……ああ、そうだ。一番簡単なことは、大切なものを作らないこと。

だから……——仁菜さんとは、一緒にいられない。

仁菜さんがこれから歩むはずだった幸せな人生を、大切だと思うからこそ、俺は彼女とできるだけ早く離婚すべきなのだろう。

彼女を俺の身勝手で一方的に妻にした罪悪感は、消えなかった。

五章　甘い眼差し、優しい腕、愛しい家族

「海を見に行きませんか」

お祖父さまのお見舞いを終えた時。真尋さんが穏やかに凪いだ水面のような視線を私に向けて、静かに告げた。

「いいですね」

真尋さんと出会ってから一ヶ月半が経過し、すでに十月上旬。秋真っ盛りになっている。

東京の海はモルディブとは違って深く、紺青で、どこか自分自身や過去と未来と向き合わせるように波打つ。真尋さんとお祖父さまの家族愛を間近で見て、私たちの婚姻関係を見つめ直すきっかけになった今日という日だからこそ、そんな海を訪れるにはちょうどいいと思った。

真尋さんの愛車である、なめらかな漆黒のボディが堅牢《けんろう》な印象で美しいドイツ製スポーツセダンに乗り込み、目的地へと向かう。

運転する真尋さんの横顔を助手席からこっそりとうかがうと、窓から差し込む淡い

夕陽の光が、ハンドルを握り集中している彼の凛々しい輪郭をなぞっていた。

今の彼は、お見舞いに向かっていた時よりも肩の力が抜けているみたいに見える。どこか満たされているような、けれど到底埋められない寂しさを理解してしまったかのような感情を滲ませている瞳の色を見て、私が胸のあたりがきゅうっと苦しくなった。

真尋さんという男性は、本当に不器用な人だ。

休日も三つ揃えのスーツを着て、彼に接するすべてのものから厳重に心を守っている。そのせいで冷たく見えるけれど、……本当は不器用で、優しい人。

目的地に辿り着いた真尋さんは車を停めて、私を伴って砂浜へ降りた。

「今日は祖父のお見舞いをしてくださり、ありがとうございました。それから……俺の妻として振舞ってくれたことも。祖父がとても喜んでいました」

「お祖父さまに喜んでいただけて、よかったです」

真っ赤な夕暮れと紫色の夜が交わる空の下、海を眺めながら、ふと幼い頃の記憶を思い出した。

私が十一歳の時、母と訪れたハワイで……ハサミでズタボロに切り刻まれたかのようにバラバラになった洋服を、ぎゅっと大切そうに抱きしめて、悲しそうな表情で寄せては返す波を眺めていた……美しい男の子。

母と麗香おばさまがお喋りに夢中の間、ひとりきりでそこにいた彼を、私はそっと見つめていた。

その年。身体が不自由になってきていた祖父が亡くなり、そして気落ちしていた祖母も、その一年間の間に後を追うように逝ってしまった。

お仏壇の父の遺影の隣に、祖父母が並ぶ。それまで必死に人生を走ってきた母は、激しく落ち込んでいて、明るかった広院家はがらんどうになっていた。

……寂しい。……悲しい。……いなくならないで。

当時の私が抱いていた感情と同じものを、まるで少女漫画の王子様のような容姿をした男の子が、この異国の砂浜でひとりきりで抱えているように見えたのだ。自然と惹かれてしまったのは、当然だったのかもしれない。

どうしたの？　と、そっと喋りかけてみたかったけれど、内気な性格が災いした。

私はただ、母のそばで、自分を慰めるみたいに彼を眺めていた。

『ほら見て、ニーナ。マジックアワーの夕焼けが綺麗よ』

母の空元気の明るい声音で、そういえばと地平線を眺める。

麗香おばさま一押しのマジックアワー観覧スポットだということで、ホテルからこのビーチの散策に出てきたんだったと思い出した。

『わあぁ、綺麗～』

日本で見るのとはまったく違う夕陽の色合い。鮮やかで、繊細なグラデーション、雄大な自然を思わせる潮風……そのすべてが私の心に染み渡った。

あの美しい男の子も、この美麗な夕焼けを見ているだろうか。

少しは慰めに、なっただろうか。

そう思って彼が座っている方向を振り返り、私は『えっ』と驚愕《きょうがく》で心臓を鷲掴《わしづか》みにされたような気がした。

あんなにずっと大切そうに見つめていた布を、彼はあろうことかビーチにあった大きなゴミ箱に捨てようとしていたのだ。

彼の行動が信じられなかった。まるで自分の大切な思い出が捨てられるかのような錯覚に陥った私は、後先も考えずに反射的に走り出していた。

そうして息が乱れているのも構わずに駆け寄って、『ねえ、それ！　捨てちゃうの!?　大切なものなのにっ』と私は〝待った〟をかけたのだ。

突然見知らぬ少女に声をかけられた彼は無表情だったけれど、その目は虚をつかれたように驚いていた。

『あの、その……。ずっと、それを抱えて悲しそうな顔して、ました。だからその……捨てちゃいけないものなんだと思って』

『ああ……。大切だから捨てるんだ。これ以上、大切なものを失わないために』

自嘲気味に吐き捨てた彼の言葉が、私には理解できなかった。

『大切だから捨てるの……？　どうして？　本当は捨てたくないのに……。そんなの、おかしいよ』

『おかしくない』

それどころか、少し恐ろしかったかもしれない。

お父さんの思い出も、お祖父ちゃんとお祖母ちゃんの思い出も、なくなったら困る。

そして、もし、もしも……元気がなかったお母さんまでいなくなったら……。

そこまで考えた私は耐えられなくなって、とうとう泣き出した。

『そっ、そんなの……おかしいぃぃ。大切なもの、捨てないでぇぇ』

彼の抱えているボロボロの布切れを近くで見ればみるほど、上質なものだとわかる。

昔、お父さんが着ていたテーラードジャケットみたいだ。

見知らぬ彼も、自分と同じような事情があるかもしれない。

なんて勝手に思って、悲しそうに顔を強張らせて無表情のまま涙も流さない彼の代わりに、私はびっくりするくらい大泣きした。そうして。

『私が直し、ます……。ひくっ、明日……っ、この時間にここに来て！』

布切れになった洋服を譲ってもらった。私なら直せるという自信があった。

その頃は仕事の忙しい母の職場で、寂しさを埋めるようにパッチワークのぬいぐるみ作りに没頭していた私は、母の制止も振りきって泊まっていた部屋に帰った。

まだ自分のスマホも持っていなかったし、海外旅行先で出会った彼が日本のどこに住んでいるかもわからない。

一生出会えないかもしれない〝お兄ちゃん〟を慰めるために、夕食もそこそこに一心不乱にパターンを切って、その布を繋ぎ合わせてぬいぐるみを作った。うさぎにしたのは深い理由があるわけではなくて、彼の第一印象と……当時の私が、うさぎを好きだったせいだ。

寂しくないよ、私がそばにいる。元気を出して。

右足には仁菜の頭文字である〝N〟の刺繍。

今思えば、その時にはすでに淡い恋心を抱いていたのだと思う。

『この子が、お兄ちゃんの世界にひとつだけの思い出のかたち。大切な記憶、絶対に忘れないで』

『……ありがとう。大切にする』

その泡沫のような思い出が、私の人生の転機だった。

彼のおかげで、私の〝誰かの幸せを願うぬいぐるみ作り〟が始まったのだ。

それから約十三年の月日が経った今日も、お見舞いの品として作ったぬいぐるみをお祖父さまに喜んでもらえてよかった。たとえ少しだけだとしても、誰かの幸せにそっと寄り添えることは、本当に嬉しいことだ。

お祖父さまの笑顔と、真尋さんの照れたような微笑みを思い出して、……私は改めて決意する。

「真尋さん」

「……はい」

「色々考えてみたんです。私は離婚する予定の妻だから、あまり四条家のことに土足で立ち入るのもなぁって。でも──」

ふたりの間に、波の音が響く。

「私たちは仮初めの夫婦かもしれませんが、お祖父さまを励ましたい気持ちは一緒です。私も出来る限り、お祖父さまを支えていきたいと思ってます。それから……真尋さんのことも」

ずっとそばで支えたいです、なんておこがましいことは言わない。

ただ、『あなたを支えたいと思う人間がここにもいるぞ！』と、少しでも伝えたかった。

「どんな始まりであったとしても、夫婦という期間限定の関係性にある間は、私も立派な四条家の一員です。ただの他人なんかじゃない。真尋さんの妻で……家族ですから」

想いを真正面から伝えるのは勇気がいる。

だって契約結婚を誓ったあの日にあんなに他人行儀だった私が、こんなことを言い出したのだ。

真尋さんはなんと返してくれるだろう？　受け入れて、くれるだろうか。

少し恥ずかしいことを言った自覚のある赤く染まった頬が、夕陽でカモフラージュされているのを願って、私はドキドキしながら真尋さんを見上げた。

すぐそばに立っていた彼は、きゅっと眉根を寄せる。

「君と俺が……家族になれるだなんて……」

ぽつりと切ない様子で呟いた彼は、目元をやわらかく細めて、今にも泣き出しそうな微笑みを浮かべた。

「……ありがとう、ございます」

真尋さんのその顔が――あの夏の、悲しいのに泣けないという表情をしていた初恋の〝お兄ちゃん〟と重なって見えた。

それからも、週末にはお祖父さまのお見舞いに夫婦揃って通う日々が続いた。

真尋さんと私の間には、離婚前提の契約結婚だなんて思えないほど穏やかな日常が訪れていて、一瞬……ほんの少しだけ、ふと現実を忘れてしまうような時間もあった。

そんなある日のお昼時。

多忙を極めていた母から、久しぶりに電話が掛かってきた。

《ニーナ、元気にしてる～？》

「元気だよ。お母さんは？」

《まずまずってとこね。久々にニーナの顔を見ながらお喋りしたいんだけど、今いいかしら？》

「ちょっと待ってね、ビデオ通話に切り替えるから」

私はスマホの画面をタップして、音声通話からインカメラを使用したビデオに切り替える。時差の関係もあり、連絡はいつもメッセージでやりとりするばかりで、こうしてビデオ通話をするのは久々だ。
母が映し出された画面の上部に、リビングルームで昼食を食べていた私がパッと映し出された。今日は日本では祝日にあたるが、真尋さんは海外支社との会議があるため家にいないので、ひとりでご飯だ。
《あっ。そこが真尋くんの家ね？　リビングかしら？　写真では見せてもらったけど、やっぱり広いわねぇ》
「そうだね。毎日ホテルで暮らしてるみたいな気分だよ」
《お昼はちゃんと食べてるの？　実家暮らしをしていた時みたいに、仕事が忙しいからって抜いたりしたらダメよ？》
「大丈夫。ほら、今日のランチは雑穀とキノコの炊き込みご飯と、梅しそ巻きの豚カツと、それから鮭と、だし巻き卵と、ほうれん草の白和えですっ」
《ふむふむ、栄養満点ね！》
この献立は、真尋さんに作ったお弁当の残りものである。もちろん朝もお弁当を作りながら味見をしているのだけれど、お昼に食べるこの残りものが、真尋さんと私が家族であることをより一層実感させてくれて、私は大好きだ。
《ママもニーナのご飯が恋しいわ》

「お母さん、視察のためにニューヨークとかも巡るって話してたけど、今はもうラスベガスなんだっけ？」

《そうよ。真尋くんのおかげで、ママのブランドも再起して頑張ってるわ。ニーナにもたくさん迷惑をかけちゃって、ごめんなさい》

そう言って母は少しだけ寂しそうに眉を下げた。

その目の下には、疲れが滲んでいる。……色々と大変なのだろう。

ラスベガスがサマータイムのこの期間、日本との時差は十六時時間にも及ぶ。向こうの現在時刻は二十時半くらいだろうか。

慣れない海外で、ようやく一日の仕事を終えて休みたい時だろうに、日本時間のお昼時に合わせてわざわざ電話を掛けてきてくれるのだから、母という存在には頭が上がらない。

「ううん。ほら、前に言ったでしょう？　真尋さんが実は私が幼い頃に好きだった人で、こんな形だったけれど再会できて嬉しいって」

母の謝罪に首を横に振った私は、そう言って笑顔を作る。

これは真尋さんが考えた嘘の設定だ。

恋愛感情がすでにあったかのように振舞って、離婚を悟られないように騙し通せと言われているから、母にはずっとそう嘘を告げ続けている。

「真尋さんと結婚できて、本当に幸せなんだから」

だけどそう口にするたびに、胸がきゅうっと切なく痛んだ。

最初の頃は、母に対してこんな嘘を吐くのは心が痛むという気持ちで苦しかった。

いつかバレてしまったらどうしよう……！　と心臓がドキドキと早鐘を打っていたし、緊張感でヒヤヒヤして、小心者にはたまったものではなかった。

だけど今は、それに加えて息が苦しい。それは、この嘘を吐くたびに……真尋さんと私の間にある〝真実〟を突きつけられるからだ。

《うふふ、そうだったわね。幸せな新婚さんの笑顔が見られてよかったわ》

母には私の嘘を疑っているそぶりはない。きっと上手く勘違いをしてくれているのだろう。

母はホッとした様子で、優しく目を細めた。

《実はママ、ニーナが小さい時から初恋を応援してたんだから》

「そうなの？」

《そうよ》

まさか母が、私の初恋に気がついていたとは驚きだ。

でも相手は……真尋さんではないんだけどな。たぶんもう、一生会えない人だ。

《真尋くんから申し出てもらった縁談は少し強引すぎるところもあったけど、ふたりが幸せになってくれて、ママは本当に嬉しいわ》

「……ありがとう」

私はつい涙が浮かびそうになる目元に、必死に力を込めた。

この新婚生活が本物であればいいのに。

そう願わない日はない。

私は震えそうになる唇をわざと尖らせ、「でも」と母に向かって怒ったふりをする。

「だからと言って、お母さんが借金を作ったことが帳消しになるわけじゃないんだからね」

《それはごもっともね》

母はもう一度、《その件については申し訳ないと思ってるわ》とずーんと暗雲を背負い、心底申し訳なさそうな顔で謝罪をした。

三ヶ月目。

真尋さんとの距離をさらに縮めようと張り切り、その頑張りが実を結んできた結婚私は久々に盛大な風邪をひいた。

十一月末となり、本格的なクリスマスシーズンを前にして、『Atelier Nina』は一年間で一番忙しい時期を迎えている。

オーダーメイドでひとつひとつの型紙から製作するので、この時期は朝から晩まで、ううん、もしかしたら夜中まで多忙だ。

だけど『Atelier Nina』の大切なコンセプトやこだわりは、守り続けなくちゃいけない。

特にぬいぐるみの目となるグラスアイや心臓となるオルゴールをお客様から指定された時刻に入れて命を吹き込むという作業は、うちにオーダーしてくれるお客様にとってもっとも重要視されているサービスでもあるので、深夜だろうが早朝だろうが厳密にきっちりと行っている。

そんな、昼夜問わないアトリエでの作業が影響して体調不良になりかけていたところに、冬の寒さも相まって……。

私は今、三十九度近い高熱を出していた。

「ううう、こんな時に本格的な風邪をひくなんて……。早く元気になって、アトリエに復帰しなくちゃ」

私はガンガンと頭痛で割れそうな頭を冷やしたくて、手の甲を額に当てる。

ちょっと風邪っぽいかも？　と思っていた数時間後には微熱が出てきたので、大事を取ってアトリエから帰宅していた。が、それからすぐに熱がどんどん上がっていき、今はこの体《てい》たらくだ。

ナイトウェアに着替え、寝室で寝て真尋さんにうつしたらいけないと思い、ソファに掛け布団を持ってきてのそのそと寝転がった。

スマホを手に持ち、真尋さんのメッセージ画面を開く。

【今日の晩御飯が作れそうにないです。真尋さんは外で食べて帰ってきてください】

この三ヶ月間、真尋さんの会食がなく残業もない日は、一緒にダイニングテーブルを囲んで夕食を食べている。

あの結婚当初の一緒に過ごす機会がほとんどなかった時から比べたら、かなりの進歩だ。

ふっふっふ、努力した甲斐があったってもんだ。

おかげさまでただの同居人から家族へジョブチェンジして、クオリティ・オブ・ライフは素晴らしく向上した。幸せと言える。

「あ、既読ついた」

意外とすぐに返信が来そうでびっくりだ。もしかしてちょうど休憩中だったとか？

【具合が悪いんですか？　今からすぐに帰ります】

【今から!?　すぐ!?　帰ってこなくて大丈夫です！】

想像もしていなかった返信に、ツッコミを入れる。

すると、ややあってから手に持っていたスマホがメッセージの受信を知らせるように振動した。

【すみません。部下に聞いたら今夜はすぐに帰れないそうです】

「いやいやいや、それはそうでしょう……。部下さんもびっくりしたはずだよ」

【気にしないでください、寝てれば治るので！】

【なにか変化があれば連絡ください。仁菜さんの食事も買って帰ります。なにか食べられそうなものはありますか？】

【食欲もないので、適当に食べておきます】

そう返信してスマホをローテーブルの上に伏せる。

帰宅する途中で病院に寄ってきてよかった。この調子じゃ、明日も動けそうにない。

「適当に食べておくなんて言ったけど、正直お茶くらいしかいらないかも……」

私は薬を飲む前に柚子茶でも飲むか、と考えて意識を手放した。

「はあ、はあ……」

私は息苦しさと寝苦しさを感じて、ゆるゆると目を覚ます。

カーテンを閉め忘れていたリビングルームは真っ暗で、大きな窓から入り込んだ都会の夜景の光がかすかに差し込んでいる程度だ。

「な、んじ……だろう？」

乾いた喉が引きつる。体温もまた上がっている気がするし、ガンガンと響く頭痛も出ていた。

ひどい寒気もあって、明らかに眠る前より風邪が悪化している。

ここ数年で一番辛い風邪かもしれない。

すると玄関の方で電子ロックの解錠音が響いて、がちゃりと重厚な玄関扉が開かれる。

リビングルームのドアの向こう側で、パッと照明が点いた。

真尋さんが帰ってきたみたいだ。

普段なら『おかえりなさい』と出迎えに行くところだけれど、今夜はお休みさせてもらう。今の体調ではちょっと急には立てそうになかった。

リビングルームに入ってきた真尋さんは、室内が真っ暗なことに驚いたのだろう。間接照明やペンダントライトなどのあらゆる電気のスイッチを全部つけて、「仁菜さんっ」と焦ったような声を出し、三つ揃えのスーツの上に仕立てのいいチェスターコートを羽織ったまま、血相を変えてソファへ駆け寄ってきた。

「仁菜さん……っ」

「お、かえりなさい、まひろさん」

「ぐっ……。こんなことになるなんて」

真尋さんは眉をきゅっと寄せて悲痛そうな面持ちで、私の手を握る。

「だいじょぶ、ですよ。ただのかぜです」

そう告げるも、彼の表情は曇るばかり。「そんなの、わからない。なにか大きな病気の初期症状かもしれない」と真尋さんは迷子になった子供みたいに呟いて、私の額にそっと大きな手のひらを乗せた。

「ふふっ、おおきなびょうきって。おおげさです」

冬の冷気をまとった手が、ひんやりとしていて気持ちいい。

彼の身にまとっているチェスターコートからは外の匂いがする。

あたたかい部屋にいる時にふと、ふんわりと香る冬の匂いは好きだ。気づかぬうちに感じていた心細さが、たちまちに消えていく。

安心するなぁ……。

と場違いにも考えながら、無意識のうちに真尋さんの手に自分の熱い手を重ねて頬に当てる。

冷たい手にすりすり顔を寄せて熱を持つ頬を当てていると、真尋さんが息を呑んだ気配がした。

「……薬は飲みましたか」

「いえ、いまからです。そこの、テーブルに……ゆずちゃと」

「わかりました。待っててください」

彼は立ち上がって踵《きびす》を返すと、チェスターコートを脱いでキッチンへ向かった。

胃に少し食べ物を入れるために、柚子の皮や果肉がたっぷり入った甘い柚子茶を飲んで、病院から処方された風邪薬を白湯で飲む。

用意してくれた真尋さんは、まだ不安そうに私を見ている。

「ふぅ……。ありがとうございます。帰ってきてすぐにお手数をおかけしました」

「いえ。他に必要なものは？」

「ないです。どうぞお風呂に行ってきてください」

「なにかあったら、遠慮なく呼んでくださいね」

うーん、バスルームに呼びに行くのはハードル高いです。

いつもお風呂上がりに『すぐにトップスを着るのが暑くて嫌なので』という理由で、上半身裸でリビングルームにやってくる彼を目撃するたび、私はそのだだ漏れの色気に緊張して身体を強張らせてしまう。

タオルを片手に持って少し乱雑な仕草で髪の毛に残る水滴を拭きながら、冷蔵庫に常備している瓶入りの炭酸水を飲む時に晒される喉の、上下する喉仏があまりにも色っぽくて……！

すぐに見ちゃダメっ！　と視線をそらすけれど、心臓がドキドキしっぱなしで、話しかけられたりしたら変な態度を取ってしまう。

だって、本物の夫婦じゃないから、その……見ちゃった背徳感がすごくて、くらくらするのだ。

それだけでもあたふたしてしまうのに、バスルームに彼を呼びに行って、心配した彼がお風呂のドアを突然開けちゃったりしたら～～～っ。

想像するだけでも心臓が持たない。体温も急激に上がって、それこそ倒れそうだ。

「あはは、なにかあったら」

だから私は苦笑しつつ、一応肯定の意を示すために頷く。

真尋さんは不服そうだったが、やわらかな優しい手つきで私の髪を撫でるように梳いてから、バスルームに向かってくれた。

ふう。一息つくと、また眠くなってきたなぁ……。

壁掛けの時計を見ると、もう二十三時前である。

私はそのままソファで寝ることにした。

ふと、寝苦しさを感じて次に目を開けた時、私はなぜだかベッドの上にいた。

どうやら眠っている間に真尋さんが私を運んでくれたらしい。

置き時計に表示されている時刻は、午前四時。隣ではすうすうと、寝息を立てて真尋さんが眠っている。

「……もう。風邪、うっちゃったらどうするんですか。真尋さんの代わりになれる人はいないんですよ？」

小さな声で呟いて、彼の顔にかかっていた前髪を指先でそっと払う。

「仁菜……」

するとと身じろぎした真尋さんが、その腕の中に私を捕らえて閉じ込めた。

「……いなく、ならないで」

真尋さんはそんな寝言を呟いて、ぎゅうっと抱きしめる力を強める。

「……っ」

普段の彼ならば口にしそうにない言葉に、私は驚いて息を呑んだ。

こんなにも真尋さんが無意識の中で心細そうにしているのは、もしかしたらお祖母さまを突然亡くしたという過去に、関係しているのかもしれない。

真尋さんは、彼の知らないうちに進行していた病によって、突然家族を奪われるのが……きっと怖いのだ。

「本当にただの風邪ですから。真尋さんの前からいなくなったりなんて、しませんよ」

眉目秀麗な大人の男性が、こんな風に子供みたいに甘える姿に、不謹慎だけれど『可愛いな』と思ってしまう。

その日。私はこの家に来てから初めて、彼の腕の中で眠りについた。

風邪をひいてから三日目。そろそろ熱も下がってきていい頃だが、まだまだ症状が改善する兆しがない。

私は仕事を休むほかなく、アトリエには行けずにいる。

テレビを点けると、どこもかしこもクリスマス特集だ。ついつい気持ちが焦ってくる。

だけど今の私にできることは、薬を飲んでぐっすり寝て休むこと。

全力で風邪を治すしかないのだ。

そんなことを考えていると、こんこんこんと規則的に寝室の扉がノックされる。

「どうぞ」

声を出したためか喉が引きつって、返事の後には「けほっけほっ」と咳き込んでしまう。

トレーに白湯とお薬などを乗せて入ってきた真尋さんは、咳き込んだ私を見て、心配そうに眉をハの字に下げた。

「仁菜さん、薬の時間です。その前になにか食べられそうですか？」

「ありがとうございます。今日も少しなら食べられそうです……」

真尋さんはトレーをベッドサイドにあるテーブルの上に置く。

布団にくるまっていた私が起き上がり、ベッドボードを背もたれにして上半身をくたりと預けると、私のそばに腰掛けた真尋さんが甲斐甲斐しくこちらへ体温計を手渡してきた。

風邪をひいた家族の看病を経験したことのない真尋さんは、私が風邪をこじらせないか心配らしい。

朝昼晩と『体温を細かく把握するように』と言い、まるで飼い主が病で倒れて心配でたまらない大型の黒犬みたいに弱りきった顔で、薬の時間には体温計を必ず差し出してくる。

それにしても最近の真尋さんは、本当に表情が豊かになってきたと思う。

まあ、もしかすると私の〝真尋さんの表情読みスキル〟がレベルアップしただけかもしれないけれど。

この間、リビングルームのテーブルに置いてあったハイブランドを扱うファッション雑誌を見たら、ちょうど東京であったファッションショーの特集記事が掲載されていて、関係者席に座る真尋さんをアップにした写真の下に、【マヒロ・シジョウはいつもの無表情。クールな視線でショーを評価している】とコメントが書いてあったが、私に言わせれば『満足そう』なお顔だった。

先日、彼のコレクションが大成功したと話していたから、私の想像もあながち間違いではないだろう。

脇に挟んでいた体温計が、ピピッと計測終了の音を鳴らす。

「何度ですか?」

「ええっと、三十七度五分です」

「昨晩よりは下がってきましたね。解熱剤が効いてよかった」

「すみません、真尋さんに看病してもらうなんて……」

「いいえ、気にしないでください」

彼だって繁忙期で忙しいだろうに、この二、三日は帰宅してからつきっきりで私を介抱してくれている。

寝る時も別々がいいかなと思ったけれど、『もし呼吸が止まったらどうするんですか。心配だから隣で寝てください』なんて言う始末。

一応、私はマスクをして風邪をうつさないように努力しつつ眠っているけれど、これればかりはなにからうつるかわからないから、心配と申し訳なさでいっぱいだ。

ある真夜中には、喉が渇いてキッチンへ行った私が結局なにもできずに、そのまま力尽きてソファでぐったりしていると、『隣に君の気配がなかったので、起きてきたら案の定だ。……大丈夫ですか』なんて真尋さんがベッドから起き出してきて、あたたかいレモネードを作って飲ませてくれた。その上、額に貼っている熱冷ましのシートを交換してくれて……。

最後にはなんと、お姫様抱っこでベッドまで運ばれてしまった。

真尋さんが無表情の中に優しさを隠しているのはなんとなく感じていたものの、ここまで甲斐甲斐しくて過保護な介抱をしてくれるだなんて想像もしていなかったから、この数日間は彼の見せる不意打ちの優しさにドキドキしっぱなしだった。

「日中も一緒に過ごせたら、もっと仁菜さんの体調もよくなるかもしれない。明日は土曜日ですし、俺がつきっきりで看病します。というか見張ります」

「ええっ、そんな」

見張るって。逆に寝づらい気がするんですが。

「けほっ、けほっ。いいですよ、真尋さんに風邪がうつったら困ります」

遠慮すると、真尋さんは不服そうな様子でムッと口をつぐんだ。

「君が心配なんだ。病状を隠していたり、目を離した隙にいなくなったりしたらと思うと、仕事も手に付かない」

「そんな、大げさですよ。病状は知っての通りただの風邪です」

病院から出してもらった薬も、普通の解熱剤と風邪薬だ。

「それにいなくなったりしませんよ？　病院に行く時は真尋さんにちゃんと連絡しますから」

「でも……。放っておけないんです」

真尋さんはそう言うと、大きな手のひらでそっと私の頭を撫でた。

ゆっくりと、規則正しく髪の上を滑る彼の手のひんやりとした冷たさが気持ちよくて、思わず目を閉じる。

撫でられていると、どうしてだか眠くなってくる。

彼から無条件に与えられる優しさが、心地いいからかもしれない。

「そんなに無防備な姿を見せられると困るな。……我慢できなくなる」

小さく呟いて、彼は私のつむじにちゅっと触れるだけの口づけを落とす。

そうして一回では飽き足らず、なぜだか二度、三度、と続けざまに額や耳の裏にキスをされた。

うとうとしていた私は彼の唇の感触に驚いて、「きゃっ」と瞼を開いて彼を非難するように見上げる。

「少しなにか胃に入れてから薬を飲んでください。そしたら寝かせてあげますから」

「むう。なんだかうやむやにされた気が」

悪戯っぽく口角を上げた彼の濃灰色の瞳は、甘く優しく凪いでいる。

……私が風邪をひいて寝込んでからの真尋さんは、はっきり言って変だ。

具体的に言うと、無表情の冷徹悪魔だった頃とのギャップがすごい。

なんというか、その、仕草のひとつひとつが心臓に悪いくらい甘々すぎて、私の胸が痛いのだ。

真尋さんに叶わぬ恋をしているこっちの身にもなってほしいぃぃっ。

再び頬が熱を持つ中、私はじーっと、責めるような視線で真尋さんを見つめる。

するとなぜだか真尋さんは、『仕方のないひとだ』と言いたげな表情で私を抱き寄せ、自らの膝の上に乗せた。

「わわっ」

彼は横向きに座らせた私の肩を抱いて、熱で力の入らない私の身体を彼の胸板にくたりと倒す。

「え？　あ、あのう」

「眠そうだったので」

眠そうだったので？

全然文脈が通じないんですがっ。

真尋さんに触れている部分を意識してしまう。喉にきゅうっとときめきがせり上がってきて、ドキドキが止まらない。

身体を預けた彼の胸板が想像よりも分厚くて、広くて、否《いや》が応《おう》でも真尋さんが男性なんだなぁと感じさせられて……。

さっきまであんなに頭痛がひどかったのに、甘やかしてくる真尋さんのせいで、頭の中は真尋さんのことでいっぱいになってしまった。

真っ赤になっているだろう私の顔を、真尋さんが覗き込む。

「風邪をひいている時くらい、もっと甘えてください。俺と君は、これでも一応家族ですから」

「そう、ですね」

家族だから、真尋さんを支えたいと言ったのは私だ。

それを自分の方は拒否したら、信頼に足らない人物になってしまう。

「うぐ、こんなに甘々で過保護な看病を私は家族にしたことはないですが」

「そうですか。それじゃあこれを四条夫婦の前例としてください」

「えぇぇっ」

「俺が風邪で寝込んだ時はよろしくお願いします」

真尋さんはいい笑顔でそう告げた。

まあ、確かに新婚夫婦なら……こういう庇護欲全開な看病もありなのかもしれない。

でも自分が真尋さんにやるとなると、また違う羞恥心で押し潰されそうだ。

けれども、恩義には報いなければならない。

「わ……わかりました。その時は甘々な看病頑張ります。でも、できるだけうつらないようにしてくださいね？」

「楽しみだな。その時のためにも前例を増やしておかないと」

「こ、これ以上はやめてください……。恥ずかしくて死にそうです」

へろへろの私が首を振ると、真尋さんはなぜか得意げな顔をした。

もしかしたら彼は私を甘やかして、家族っぽいことができて嬉しいのかもしれない。

確か、真尋さんのご両親は彼が幼い頃に離婚していて、お祖父さまのお屋敷で育ったって、話してたよね。従兄さんとも仲が悪いそうだし……。

そんな真尋さんの家庭環境を思えば、彼は遠慮して、家族にあまり甘えられなかったのかもしれない。

恋人でも友人でもない私という存在は、案外気の置けない存在だったり？

ふふふっ。本当にそうだったら嬉しいな。

「さて。今日の夕飯はこれを買ってきました」

彼はベッドサイドのテーブルの上に置いていたお皿と先割れスプーンを手に持ち、

手元に引き寄せて見せてくれる。

「夕張メロンとイチジクのカットフルーツの盛り合わせと、ピンクグレープフルーツのゼリーです」

それは銀座《ぎんざ》にある創業百五十年の老舗高級フルーツパーラーの、お持ち帰りメニューだった。

風邪をひいた初日に食欲がなくて柚子茶と薬しか飲まなかったら、翌日から真尋さんが『これなら食べられそうですか？』と購入してくるようになったものだ。

初日はなぜか『カロリーを取るべき』とプリンアラモードを買ってきて、その次はなぜか『一番人気だそうです』とフルーツパフェを買ってきた。

『す、すごいチョイスですね……』

『風邪で食欲がない時はフルーツと、プリンとアイスもおすすめだとネットに書かれていました』

甲斐甲斐しくお世話してくれる真尋さんのどこかズレまくったチョイスに、『あははっ、ふふっ』と声をあげて笑って、盛大に咳き込んだものだ。

そして昨日は『本当にフルーツとゼリーだけでいいですよ？　コンビニとかスーパーで買ってきてもらえたら嬉しいです』と伝えていたのだが……。

どうやらその結果がこれらしい。

きらきらしたカットフルーツは繊細に盛り付けられていて、一目で極上の逸品だとわかる。

ピンクグレープフルーツの皮を残してくり抜き、果肉を贅沢にまるごと一個使ってゼリーに仕上げたこちらも、きっと極上の逸品に違いない。

「ひ、ひええ。このカットフルーツ盛り合わせって、これだけで三千円はしますよね？　というかグレープフルーツゼリーも二千円はするはず……っ。風邪の看病で食べさせるやつじゃない……」

「ゼリーとフルーツなら食べられそうだと昨日話していたでしょう。君のご注文通りじゃないですか。わがまま言わないで食べてください」

「さっきは『もっと甘えてください』って言ってたのに」

「そうでしたっけ？　もう忘れました」

真尋さんが意地悪な顔をする。

この確信犯の、悪魔みたいな美しい表情に圧を感じて怯えていた頃が懐かしい。

今では『この悪魔めっ』とは思うものの、きゅんとしてしまう要素の方が強い。

真尋さんのこと、こんなに好きになっちゃったんだなぁ。

……ここまでくると重症だと思う。

「というか、わがままを言ってるわけじゃないんですよ？　こんな高級なの、もったいなくて」

「……高級？　これで高級だなんて、俺に言うことじゃないな」

それは確かにそう。むしろ失礼なことを言ったかもしれない。

五億円をぽんっと肩代わりしてくれる、世界のプレタポルテの御曹司の総資産額がいくらかは知らないが、私みたいな一般人としてはやっぱり高級だし、こんな時に食べるのはもったいないのだ。

「私にとっては十分高級なんです。それに、あまり私に無駄遣いしないでください。ここでの生活費も支払ってもらっていますし、その……借金もありますし」

真尋さんが訝しげに眉をひそめる。

「まだそんなことを。今の君は俺の妻です。君がいちいちお金のことを気にする必要はない。それに、これは俺がしたくてしているんですから」

そう言って彼は先割れスプーンでみずみずしいゼリーを掬った。

「ほら、口開けてください。あーん」

甘い声音で唇を開くように言われて、もう三日ほど続けている行為だけれど緊張してしまう。

い、いちいち食べさせてもらわなくても、私ひとりで食べられます……！

心の中でそう叫びながらも、普段は無表情でツンが強い真尋さんの甘々なギャップにくらくらしている私は、ついこのむずむずするようなスイートな時間を享受してしまうのだ。

おそるおそる「あーん」と口を開く。

「いい子だ」

耳元で彼が低く囁いて、ゼリーを食べさせてくれる。

グレープフルーツの果肉が弾けて、ほどよい甘さと酸味が美味しい。

どうしよう……。こんなの、まるで本物の夫婦みたいだ。

「ほら、もう一度」

真尋さんに愛されることなんてあるはずないのに。

こんな風に過保護に接されたら、溺愛されているんじゃないかと勘違いしてしまいそうになる。

どうしよう……っ。

ぎゅっと唇を噛み締めて、彼の膝に抱っこされた状態のまま上目遣いで真尋さんを見つめる。

真尋さんは息を詰めて、私から視線をそらさずに、無意識的な様子で手に持っていたお皿をサイドテーブルにコトリと置く。

「そんなに物欲しそうな目で見ないでください」

彼は私を、ぎゅっと逞しい両腕の中に閉じ込めて抱きしめた。

「……君を、このままめちゃくちゃにしたくなる」

はあっと、熱い吐息とともに吐き出された言葉に、きゅうっと胸が苦しくなった。

「め、めちゃくちゃって」

「そのままの意味です」

私を抱きしめていた真尋さんが、私の首元に顔を寄せる。

こんなに近くで触れ合ったのは、初めてキスをしたあの夜以来だ。

だけど今は風邪をひいているから、本来ならばこんな風に近づかない方がいい。

「ま、真尋さん」

心臓がドキドキしているのを気づかれないよう、制止の意味を込めて名前を呼ぶ。

だけど彼はぎゅっと抱きしめる力を強くしただけだった。

首元に埋められた彼の高い鼻梁が、私の肌に触れるか触れないかの部分を、つうっと首筋に沿って悪戯になぞっていく。

そのじわじわと夜の雰囲気が侵食するような感覚に、思わずびくびくと背中を反ってしまう。

「仁菜さん」

「あっ、真尋さん……、やめ……っ」

晒された私の白い喉に、彼の大人の色気たっぷりのため息が触れた瞬間。

ベッドに押し倒されて、真尋さんから唇を塞がれた。

「ふ……っ」

性急で貪るようなキスに、熱かった体温がさらに上昇していく。

深く深く口づける息もつけないほどの甘いキスに翻弄されながら、私の身体はとろとろにとろけて、どんどん力が抜けていった。

ちゅ、ちゅっ、と寝室に甘いリップノイズが響く。

もっとキスして、やめないで。

そう願いそうになって、私は慌てて自分が今、風邪をひいているんだと思い出した。

くたくたに力の抜けた手を持ち上げて、キスの合間に、真尋さんの唇にぴとりと指先を当てる。

「んぐっ」

「……風邪、うつっちゃうから、これ以上はダメです！」

強制ストップをかけられた真尋さんは、きょとりと目を丸める。

それから彼も私が病人だったことを思い出したのかハッとして、ばつが悪そうに起き上がった。

「すみません。こんなつもりじゃなかったのに」

彼はさらさらの黒い前髪を、片手でくしゃりとかき上げる。

「本当ですよ。熱が上がった気がします」

「うっ」

「罰として、私にフルーツを食べさせる刑に処します」

わざとらしく鷹揚な態度で私が言うと、真尋さんはなぜか愛おしげに目を細める。

「仰せのままに」

そしてこの後、私はむちゃくちゃに甘やかされてしまうのであった。

ちなみに私が全快した後、残念ながら真尋さんが風邪をひいて、私が甘やかし看病係に任命されるわけだが、熱を出している真尋さんより私が真っ赤だったことをここに記しておく。

六章　愛しているから隠したい

八月にモルディブの教会で、彼女と形式的な指輪交換をしてから約半年――。

師走に入り、クリスマスシーズンを彩るイルミネーションを施された街路樹が、いたるところで見られるようになった。

期間限定の家族として過ごしている俺と仁菜さんの関係性の終わりが、徐々に近づいてきている。

仁菜さんがひどい風邪をひいてしまった時は、このまま彼女が儚く消えてしまうのではないかと、気が気ではなかった。そう、病状を隠し続けて亡くなった……俺のわがままのせいで死んでしまった、祖母のように。

大切なものは、大切だと伝えた瞬間にいつだって失われる。

掴んだ瞬間に、俺の手のひらからぽろぽろとこぼれ落ちていく。

きっと、彼女もそうなのだ。

それを知っているからこそ、自分でも驚くほどに狼狽《うろた》えてしまった。

喪失に対する不安は根深いもので、その夜からの俺は、寝入った後の彼女を抱きしめないと落ち着いて眠れなくなっていた。

「……愛してる」

彼女が深く眠りについているのを確認してから、そっと額に唇を寄せる。

「愛してる、仁菜」

このところ仕事が忙しかった彼女は、ベッドに入るとおやすみ三秒で就寝している。

就寝後は朝までぐっすりで当分起きない。

だからこそ深夜三時という時間帯は、俺に抱きしめられたまますうすうと寝息を立てている彼女に、好きなだけ燻り続ける渇愛をぶつけることができた。

けれど彼女の頭を撫でて、指先を髪に絡めて、額や頬に口づけるだけでは満たされない。

眠る彼女に仄暗い恋情を吐露すればするほど、心から彼女と愛し合いたいという願望が膨らんでいく。

「――君に、もっと触れたい」

彼女が俺に向ける慈愛に満ちた眼差しを思い出すたび、他人ではなく家族として甘えようと努力してくれる姿を見るたび、身体の奥底に渦巻く激情が『もう我慢の限界だ』と彼女を欲する。

このままではダメだ。

俺に残された時間は約半年。

祖父に残されていた時間は……とっくに尽きている。

冬の寒さを感じるたびに、その冷たく凍える風が祖父の命の灯火をかき消してしまうのではないかと、俺は得体の知れない焦燥感に駆られていた。

そんな中、俺が感じている不安感とは裏腹に、放射線治療が上手くいき体調がよくなっていた祖父は、医師から余命半年と宣告されていたとは思えないほどの回復を見せていた。

「これはすごいことですよ。本当に、奇跡としか思えない」

祖父の担当をしている五十代の男性医師が、眼鏡の奥で柔和に笑う。

入院病棟を仁菜さんと見舞いに訪れていたのだが、『ご説明をしたいことがありますので』と一時的に担当医師から呼ばれた俺は、病室に仁菜さんを待たせて、ナースステーション横にある会議室に来ていた。

担当医師から先日行われた祖父の検査の内容が語られ、結果が報告される。そうして喜ばしい結果を受けて、俺は言葉を詰まらせた。

奇跡。そんなことが、この世にあるのか。

「やっぱりお孫さんたちが、いつもお見舞いに来てくれていたからですかね」

「俺たち以外にも見舞いが？」

「ええ。代わる代わるいらっしゃるから、『孫と孫夫婦の話が楽しくて楽しくて。毎日幸せで忙しいよ』とお祖父さんがおっしゃっていました」

どうやら眞秀兄さんも祖父の見舞いに来ているらしい。

一度も会ったことがないので、医師の言葉が少し信じられなかった。

「息子さんや娘さんたちとも、時々スマホでビデオ通話されているみたいです。国際通話も無料の時代になったから、本当によかったですよね」

「はい。そうですね」

「今日から二十日後の……十二月二十七日くらいにいったん退院して、年末年始をご家族で過ごされてもいいかもしれません。どうなさいますか？」

「それは本当、ですか」

俺は医師の言葉に驚き、目を見開く。

「妻と相談して決めたいとは思います……が、できれば退院の方向で進めていきたいです」

そうなったら俺は年末年始、四条家へ帰省することになるだろう。

長年務めあげてくれている信頼できる使用人も数人いるが、退院後の祖父をひとりで過ごさせるわけにはいかない。

仁菜さんにはついてきてもらえたら心強い。

そう思うものの、勝手の違う四条の屋敷に彼女が身構えて、おろおろとするのも想像に容易いので無理強いはしたくない。

彼女にはもう十分すぎるくらい、俺のよき妻を演じてもらっている。

「わかりました。ご家族の方針が決まり次第ご連絡ください」

医師は何度か穏やかに頷いて、窓の外に視線を向ける。

「今晩は積もりそうですねぇ。どうぞあたたかくしてお帰りください」

「ありがとうございます」

先ほどまでの俺だったら、深々と降り積もっていく雪を見て底知れぬ焦燥を抱いていたかもしれない。

けれども今はただ、病床の祖父を本物の家族のように気遣い、色々な話題を振って場を盛り上げながら待ってくれている仁菜さんを、強く抱きしめたいと思った。

病院からの帰りは、赤坂《あかさか》の老舗料亭で夕食をとることにした。

祖父の見舞いの帰りは、個室があり照明がぎりぎりまで落とされた静かなフレンチの名店で夕食をとる。

だが今夜選んだ老舗割烹は荘厳な印象ながら照明は明るく、うっすらと雪化粧をした日本庭園がライトアップされている。

「えっ」

明るい、と独り言のように呟いた彼女は、ぎょっとした顔で俺を見た。

「なんですか」

「な、なんでもないです」

今度はさっと表情を取り繕って、微笑みの形に緩みそうになる口元を力技で押さえつけているかのような、妙な表情をしている。

なんだその顔。少し驚きすぎじゃないか？

そう思うと同時に、無意識に抱いていた一抹の寂しさが、優しく埋められていく心地がする。

俺が一瞥すると、「その無表情は新しいですね。まるで心が読めない」なんて彼女は言いながらも、「いいことがあったんですね」と笑った。

俺から話したことは一度もなかったが、心の優しい彼女のことだ。

俺が祖父の見舞いの帰りは必ず照明が落とされたレストランを選んでいた理由に、気がついているのかもしれない。

深々と真っ白な雪が降り積もっていく。

まるで命の灯火を静かに消し去ってしまいそうな冬景色は、今はただ何物にも代えがたい美しい四季の移ろいだ。

この景色を彼女と一緒に見られてよかった。そう思えるほど、心が満たされて穏やかだった。

その後。食事をしながら改めて医師から告げられた言葉を彼女に伝えると、「奇跡ってあるんですねぇぇぇ」と彼女はぼろぼろと涙をこぼした。

「神様に感謝しなくちゃいけませんね。ううぅっ、よかったぁ」

「それで俺は年末年始を四条家で過ごそうと思っているんです。仁菜さんはどうされますか」

「どうとは？」

「四条の屋敷についてきてくれとは言いません。ですが、もし君が――」

言い淀むと、仁菜さんは「ふふ、真尋さんらしくないですね」と涙を拭う。

「ここでこそ、『君には俺の目的を遂行するために、上手く妻らしく振舞ってもらわなくては困ります』って言うところですよ」

彼女はキリッとした表情を浮かべて、俺には思えない声真似をしながら、以前俺が彼女に言い放った言葉を使う。

……ひどい言葉を使ったな。

胸が鷲掴みにされたみたいに痛む。きっと彼女もこんな気持ちだったに違いない。

思わず顔を歪めると、「まあ、そんなこと言われなくても私の答えは決まってるんですが」と彼女は口元をやわらかく緩めた。

「お祖父さまも、真尋さんも、支えたいって言ったじゃないですか。四条家の皆さんがよければ、お手伝いに伺います」

彼女の大きな黒い瞳には、家族に向ける無償の愛が眩しいくらいに滲んでいる。

「真尋さん、絶対に楽しい年末年始にしましょう！」

「………はい」

あの秋の日。砂浜で海を眺めながら、利害関係なく家族のように俺に手を差し伸べてくれた時みたいに、仁菜さんはひだまりのような笑顔を見せた。

「それじゃあ、おせちの予約はどうしますか？　広院家には昔からずっと受け継がれてきたレシピがあって、お正月料理は手作りなんですけど、四条家で庶民のお正月はできませんからね。うーん、百貨店で予約販売している有名シェフ監修のおせちとか？」

「…………」

「いやいや、それじゃあ普通すぎますかね？　四条家ですもんね。銀座とか赤坂の老舗料亭のおせちの方が……？　真尋さん、お祖父さまのお気に入りのお店がおせちを販売しているか至急調べて、早く連絡を取った方がいいかもしれません」

好きだ。

君のことが、どうしようもなく。好きで好きでたまらない。

「真尋さん？　どうしましたか、ぼーっとして。ふふ、今日はとことん真尋さんらしくないですね」

まるでかけがえのない宝物の名を呼ぶみたいに、俺の名前を呼んでくれる君を手放したくない。

どこまでも底なしの独占欲と愛おしさが溢れて、胸が潰されそうなくらいに苦しくて、切なくて、たまらなかった。

「……考えたくはないですが、もしも俺の妻役を他の女性がやっていたならば、こうはいかなかった」

「へ？　また急に、突然ですね？」

彼女はきょとんとして、身構えた様子で固まる。

「多額の借金を肩代わりしてもらった上に、四条家の総資産を知れば……誰だって目が眩む。できれば離婚しないで済むように、もっと上手に手玉に取ろうという女の顔を見せるのが普通です」

「……その普通は私に当てはまりません。真尋さんには、本当に感謝しかないですから」

「わかってます。だから前置きをしたでしょう」

もしも俺の妻役を他の女性がやっていたならば、と。

「業界人が集まるパーティーや食事会で、四条家の資産や俺の顔目当てで近づいてくる女性はごまんといました」

その都度適当にあしらってきた。

だが彼女たちは引かず、そのたびにあの手この手で俺の気を引こうと躍起《やっき》になった。

「そんな女性がもしこの場にいたら、祖父の延命に喜ぶふりをして、あたかも純粋な善意しかない口ぶりで結婚期間の延長を提案するはずです」

なぜならこれは離婚前提の契約結婚だ。それも世界的プレタポルテの御曹司の。

マスコミ関係者にリークするというようなことを俺に匂わせれば、いくらでも足元を見て脅すことができる。

将来『Croix du Sud《クロワデュシュッド》』の代表の座を得たとしても、結果として退陣はまぬがれない。

後継には眞秀兄さんが就くだろう。もっと狡猾な女性なら、裏で眞秀兄さんと繋がって取引さえするかもしれない。

ここは、そういう世界だ。

「それなのに、君はそんな姑息《こそく》な真似をしたりしない。……君には、本当に家族愛しかないんだな」

ふっと口元を和らげると、緊張していた様子の仁菜さんが目を見開いた。

「借金の肩代わりと母親の会社の海外進出の援助を盾にして、恋人でもなかった相手に結婚を迫るなんて、ひどい取引をしている自覚は俺にだってある」

仁菜さんを路頭に迷わせないようにするため、なんて偽善者ぶって。

本当はずっと初恋だけを拗らせて、独占欲を抱いていた彼女を上手い言い訳をして手に入れただけ。

それなのに、君はこうして……俺の表面だけではない、ひとりの人間としての四条真尋を見つけて寄り添ってくれるのか。

「そんな君に、俺はなにを返せるだろう」

仁菜さんは小さくわななく唇を噛み締める。

それから一拍ののち、蕾がほころびやがて大輪の花を咲かせるように優しい笑みを浮かべて、「なにもいりませんよ」と彼女は元気に笑って見せた。

なにもいらない、と言われても困る。

伝えられはしないが、俺は君を溺愛して、本当はどろどろに甘やかしたいんだ。

「……明日は日曜日ですし、どこかへデートしませんか」

「デッ、デート!?」

「はい。銀座にある『Croix du Sud』本店のブティックを貸し切ってもいいですね。近くにあるハイブランドショップにバッグの新作が入ったという情報がありますから、そこにも行きましょうか。それから――」

「うわわ、ストップ！　静かに、落ち着いて！」

彼女は慌てた様子で両手を顔の前に突き出す。

「俺は十分落ち着いています」

「いえ、落ち着いてないですね？」

「むしろ仁菜さんの方が落ち着くべきでは？」

げんなりとした顔を向けると、彼女が頬を膨らませる。

「お祖父さまの病状が回復傾向にあるからって、ちょっと浮かれすぎですよ。なんですか、銀座の『Croix du Sud』を貸し切るって！　副社長だからって暴君がすぎるっ」

「暴君？　これくらい普通です。むしろ俺が作った洋服を君が着ないのはおかしい」

「おかしくないですよ!?　『Croix du Sud』のお洋服って、一着三十万円を軽く超えるじゃないですかっ。私は今まで持って帰ってきてもらったお洋服があるので、それで十分です！」

「あれはただのサンプルだ」

「いやいやいや、一般庶民にとってはすごいサンプル様でしたからっ。私は真尋さんと結婚するまで、『Croix du Sud』のお洋服を着たことすらなかったんですからね」

仁菜さんは「それにほら、四条家のお嫁さんとして出ていかないといけない時のお洋服も、真尋さんが用意してくれていますし……」と、過度に遠慮する。

招待されたパーティーに四条夫婦揃って出席する機会があり、その際に仁菜さんのためのドレスを俺がデザインして作った。彼女のためだけに俺がドレスをデザインするのは、結婚式用のドレス以来二度目になる。

世界に一点だけのパーティー用ドレスだったが、彼女が知ったらこうして遠慮すると思ってわざとスタッフに言って、その日だけ店舗に置かせたのだ。

「この間、真尋さんに連れて行かれた時が初入店だったんですから。あれもものすごく緊張しました。お洋服を買って、会計までの間に高級チョコレートとシャンパンが出てくるなんて聞いてないですっ」

美味しかったけど……！　と仁菜さんは頭を抱える。

値札が付いていなかったドレスを、彼女はプレタポルテの商品だとしっかり勘違いしてくれたらしい。

形式だけの結婚式だと思わせたあの日、教会で身にまとっていたもの——純白にモルディブの宵色を思わせるシフォン生地を重ねた華奢なドレスも、君のために俺がデザインしたものだと知ったらどんな顔をするだろう？

これまで通り秘密にしていたいような、ネタバラシしたいような悪戯な衝動に駆られて、目元を細める。

「俺のデザインしたコートも並んでいるので、試着してみてください。というか、眞秀兄さんがデザインしたやつ以外は全部買いましょう。それから靴も」

「いらないです、と言っても買う気でしょう……」

「俺は君の夫なんですから、可愛い妻にクリスマスプレゼントを好きなだけ買ったっていいじゃないですか」

「か、かわっ」

今まで遠慮ばかり述べていた彼女の頬が染まる。

「それに。デザイナー業をしている俺が、自分の女を好きに着飾りたいと思わない方がおかしい」

そう告げると、彼女は「うわあああ」と真っ赤になった頬を両手で押さえた。


祖父の病状が少しではあるが好転したことで、心に余裕が持てるようになった俺は、仁菜さんとの思い出を作ることに執心するようになった。

仕事を終えた今日は、仁菜さんのアトリエがある彼女の実家まで車で迎えに行き、横浜赤《よこはまあか》レンガ倉庫《そうこ》まで向かう。

クリスマスのイルミネーションが施された石畳の街並みを歩いていると、「わあ、綺麗……」と感嘆の声を漏らした仁菜さんの息が白くなった。

夜空に白く輝く横浜ベイブリッジが見えるレストランで、行き交う船や大型客船を眺めながら軽い夕食。

その後は、目的だったクリスマスマーケットが開催されている広場へと向かう。平日の夜だというのに、広場は多くの人で賑わっていた。

諸説あるが、クリスマスマーケットとは約七百年前にドイツのヘッセン州フランクフルトで始まった市場が起源だと言い伝えられている。

ドイツでは一年で一番大切な行事とされている降誕祭《クリスマス》。

クリスマスマーケットは、その訪れを待つ待降節《アドヴェント》の期間にクリスマス準備のための買い物を楽しむ、長い歴史のある催しだ。

明治時代末から大正時代に建設された異国情緒な赤煉瓦の建造物がライトアップされている風景は、まるで本場ドイツの伝統的なクリスマスマーケットさながらの雰囲気である。

木造の山小屋を模して作られたヒュッテの屋根にはサンタクロースやトナカイ、ギフトボックスなどが飾り付けられており、店内にはクリスマスリースやヨーロッパのクリスマスグッズがずらりと並んでいる。

仁菜さんはそのひとつひとつに目を輝かせていた。

ドイツの定番料理が並ぶ店を巡って伝統的なソーセージの盛り合わせや、仁菜さんが食べたいと言っていたシナモンチュロスを買う。

赤ワインにオレンジピールやシナモンなどの香辛料と砂糖を加えて温めて作るグリューワインを楽しみにしていた俺は、購入してから「そういえば車で来たんだった」と思い出して少し落ち込んだ。

「じゃあ真尋さんには代わりにこれですね」

「……ホットチョコレートですか？」

「隣のお店でさっき買ってきたんです。これと交換しましょう」

そう言って、手の中のものを交換される。

ダークチョコレートのドリンクに、真っ白なホイップクリームがさながらソフトクリームみたいにのっていて、シロップ漬けしたオレンジと銀色のアラザンがトッピングしてある。

その上にはさらに薄く削ったルビーチョコレートが、白いドレスを彩るリボンのように降り積もっていた。

……なんだろうこれは。見た目だけで甘さの暴力を感じる。

「ふふふっ、真尋さんとホイップクリームたっぷりのホットチョコレートの組み合わせって、意外に似合ってますね。なんかこう、胸にぐっとくる可愛さがあります」

「それってあんまり嬉しくないな」

「え〜っ」

飲食スペースにて、彼女はグリューワインをちびちび飲みながら、「ホットワインって初めて飲みました。すごく美味しいですね」と寒さで赤くなった肌を、カップで温まった手で時折覆う。

その何気ない仕草と表情から、彼女が俺に心を開いてくれているのだと感じられる。

ただ単に冬の寒い夜の屋外で言葉を交わしているだけだというのに、彼女の存在や仕草ひとつで、この時間が尊く価値のあるものに思えてくる。

「……甘いな」

クリームたっぷりのホットチョコレートは、まるで彼女と過ごす時間に似ていた。

最後は、このクリスマスマーケットのシンボルともなっている生木を使った大型ツリーの前に向かう。すると、「すみません、写真を撮ってもらえませんか〜？」と、大学生くらいのカップルがスマホを片手に仁菜さんへ声をかけてきた。

「いいですよ。スマホお預かりしますね。では撮ります、さん、にー、いち！」

「ありがとうございます」

「わっ、お姉さんすごく写真上手い！　めっちゃ綺麗〜！」

男性がお礼を口にし、女性の方は受け取ったスマホの画面を見て嬉々とした様子を見せる。

仁菜さんはアトリエを個人で経営しながら、顧客への窓口となるウェブサイト用の写真や、アトリエに来客した顧客へ直接見せるためのアルバムなども自作しているので、人よりも写真が上手なのかもしれない。

「お礼にお兄さんとお姉さんの写真も撮りますよ～」

「いいんですか？　じゃあ真尋さん、せっかくだから撮ってもらいましょうっ」

「そうですね」

仁菜さんがバッグからスマホを取り出し、女性に向かって「お願いします」と手渡す。

「あ～、おふたりともくっついてどっちかに寄らないと、画面にツリーが綺麗に入らないです」

「えっと、これくらいでどうでしょう？」

「いや～もっとですね」

仁菜さんが遠慮がちに俺の隣にくっついたが、立ち位置のせいか背後にそびえるクリスマスツリーが入らないらしい。

人通りも多いし、撮影待ちの人々のためにも長くこの場に留まっているわけにはいかない。

俺は仁菜さんを腕の中に引き寄せて抱きしめ、腰を曲げてから彼女の頭の横に頬を寄せた。

「きゃぁっ！　それいいです、撮りま～す！」

悲鳴をあげたのは仁菜さんではなくて、撮影をしてくれていた大学生っぽい女性の方だった。

「ありがとうございました」

俺の不意打ちのせいで固まっている仁菜さんの代わりにお礼を告げて、スマホを受け取る。

一拍後に硬直が解けた仁菜さんも、「あ、ありがとうございました」とぺこぺこ頭を下げた。

顔を真っ赤にして『いたたまれない』と顔面に書いている仁菜さんは、俺のコートの袖をちょこんと握って、早くこの場を立ち去りたいとばかりに引っ張る。

「やばっ。がちのイケメンすぎて鼻血出るっ」

「お前それ彼氏の前で言う？」

踵を返した後で、先ほどのカップルが騒ぎ出す。

ふと振り返ると、彼氏の方はそんなことを口にしつつも、彼女の女性を心底好いている様子だった。

平和でいいなと思う。

コートの袖を遠慮がちに引っ張っていた手を握り込み、俺はポケットの中に突っ込んだ。

「わっ」

「こっちの方があたたかいですから。それに迷子防止にもなるので」

「うっ、『迷子防止』。蘇ってほしくない記憶が蘇る……」

なんのことを言っているのかわからないが、仁菜さんがもう片方の手で頭を抱える。

彼女とデートを重ねるなんて、契約結婚をした時の俺では想像し得なかった。

ポケットの中にしまい込んだ手を、恋人のように、すべての指を絡めて繋ぐ。

「……っ」

仁菜さんがなにか言いたげに上目遣いでこちらを見上げてきたので、ふっと目を細めて悪戯っぽい笑みを向ける。

するとポケットの中で羞恥心を堪えていた彼女の小さな手が、観念した様子で、きゅっと力を強めた。

その後はイルミネーションと飾り付けが美しいクリスマスピラミッドを見て、散策をしながらクリスマスデートの雰囲気を味わって帰宅する。

撮ってもらった写真を見返してみると、照れた様子ではにかみながら笑顔を浮かべる仁菜さんと、無表情だがどこか嬉しそうな顔をした俺が写っていた。


金曜日の今日は、先週のデート時に購入した『Croix du Sud』の衣服でドレスアップした彼女を連れて、外資系五つ星ホテルにある創作フレンチで夕食をとる。

それからクリスマスマーケットで彼女と一緒にお酒を楽しめなかったことを残念に思った俺は、最上階にあるバー&ラウンジに彼女を連れて行くことにした。

最奥にある完全にプライベートが守られたラグジュアリーな個室は照明がぎりぎりまで落とされていて、眼下に広がる百八十度の夜景の煌びやかな美しさを引き立てている。

フルーツなどの軽く摘める食事を注文し、一緒にお酒を楽しむ。

「こんなところに来たのは初めてなので、緊張しますね」

最初は借りてきた猫みたいな様子でそわそわしていたのに、お酒が進むにつれて夜景に魅せられたのか、静かにはしゃぐ仁菜さんが可愛くて仕方がない。

「んー。あのあたりに私たちが住んでいるマンションがあるんでしょうか？　もしかしてあっちかな」

「そうですね、あのあたりかも」

「観覧車が小さく見えます。ライトアップのグラデーションが綺麗ですね、ずっと見てられるなぁ」

子供みたいにくふくふ笑いながら、カクテルグラスを傾ける仁菜さんを背中から抱きしめる。

もうずっと、彼女の視線は夜景に縫い止められている。

「……夜景ばかり見ていないで、俺を見てください」

その視線を独り占めしたい衝動に駆られて、彼女の耳元に唇を寄せて口づけた。

「ふふん、今は夜景を見るので忙しいんです。真尋さんは後で見ますね」

「今がいいです」

振り返った仁菜さんはどこか不満げだ。

すげなくされて、夜景への変な嫉妬を抱いた俺は、生意気な唇にたまらず深いキスをした。

舌を絡めて彼女の弱いところを攻めていると、くたりと彼女の身体の力が抜けていく。

「んん……っ、真尋さ、ん。……ここ、お店ですよ」

ふるふると長い睫毛を揺らし、甘い熱を帯びてきた瞳が『助けてほしい』と言いたげに俺に縋った。

誰かに見られるかもしれないところで、淫らなキスをするなと言いたいのだろう。

完全プライベートが約束されたここに、他人が入ってくる心配など不要なのに。

「仁菜さんの恥ずかしそうな顔がもっと見たいので、やめられません」

じわじわと涙目になった彼女の頬は高揚し、けれど与えられ続ける甘いキスに対する隠しきれない期待感が、とろけきった声に表れている。

とうとうヒールの高い靴では立っていられなくなった彼女を抱き上げ、そのままソファに座った俺の膝の上に向かい合わせに座らせる。

普段彼女が行かないような場所で美味しいお酒を飲んだせいか、俺の強引な深いキスに酔ったのか、アルコール交じりの艶やかな吐息を吐く彼女が、「真尋さ……ん、もっと」と珍しくキスをせがんでくる。

心臓を鷲掴みにされたみたいに、目が離せなくなる。

愛してると伝えながら、彼女を抱けたらどんなに幸せだろう。

ちゅっ、と甘やかなリップノイズを立てながら彼女の唇を奪って、深いキスを繰り返す。

「はあ……」

さすがに理性が飛ぶかと思った。

頬を上気させ、とろとろにとろけきった視線を絡めてくる彼女を、そのまま宿泊したホテルのスイートで、猛った欲望のままに抱かなかったのだけは褒めてほしい。

離婚予定の彼女の清らかな身体まで、悪魔のように奪い尽くすつもりはない。

俺はひとりで冷たいシャワーを浴びながら、悩ましく眉根を寄せて、「ふーっ」と重たいため息を吐き出した。

翌日。酔っていたせいか、昨晩のキスのことなどすっかり記憶にないらしい仁菜さんは、「今日はどこへデートに行きますか」という俺の問いに対して、普段通りの様子で「んー、そうですねぇ」と首を捻った。

「実は水族館に行きたいなと思っていて。まだヒアリング段階なんですけど、ペンギンのぬいぐるみのオーダーが入りそうなので、モチーフの参考に」

「わかりました。じゃあ今日は水族館に行きましょう」

スマホの情報を頼りに仁菜さんが選んだのは、現在世界一の高さを誇る有名タワーの真下に位置する、観光地に併設された水族館。なんと国内最大級と言われるペンギンの水槽があるらしい。

水族館が好き、と話していた仁菜さんは朝からワクワクが抑えきれない様子だった。もしかしたら仁菜さんがモチーフの確認に何度も来るかもしれないと考え、俺はチケットカウンターで年間パスポートを買う。

「わあ、年間パスポート！　ありがとうございます、これでペンギン見放題ですね」

喜ぶ彼女の横で「そうですね」と返しながら、俺は手元に出来上がったカードに視線を落とす。

つい「大人ふたり」と無意識に自分の分まで購入してしまった。

水族館に俺がひとりで来るはずもない。それも一年間も。

無意識下で、何度でも仁菜さんと一緒に来る気だった自分に驚いた。

「真尋さん、まずは全体を散策してからペンギン水槽に向かってもいいですか？　写真を撮ったりしていたら、長くなるかもしれないので」

「わかりました。仁菜さんの好きに回ってくれて構いません」

室内型の水族館は寒い日でもあたたかい。土曜日なのでカップルや家族連れも朝から多い。

幻想的な照明と、伝統工芸品による装飾がモダンな雰囲気で施されている江戸時代を想起させる円柱水槽は、様々な角度から水槽の中で泳ぐ金魚を眺めることができる。提灯《ちょうちん》のような赤色、紅白の更紗《さらさ》、黒の混じったキャリコ琉金《りゅうきん》の彩り華やかな金魚の群れは美しく、懐古的な気持ちを呼び起こす。

金魚と和が融合した雅やかな世界観に浸りながら、昔、眞秀兄さんが四条本家に住むことになって数ヶ月が経った頃、仕事の合間を縫った祖父母が一度だけ水族館に連れて行ってくれたことがあったな、と俺は記憶を掘り返した。

その時に購入した表紙にイルカのイラストが印刷されたスケッチブックは、いつの間にか眞秀兄さんに取り上げられたんだったか。

自分には珍しく、デザイン画ではなくて絵日記を描いていたはずだ。

祖父母と眞秀兄さんと過ごした夏休みを描いた。……確か、小学校の宿題だったな。

「金魚を見ていると、なんで懐かしい気分になるんでしょうね」

仁菜さんが円柱水槽を見上げながらそうこぼす。

俺と同じように、彼女もなにか懐かしい記憶を思い出したのだろうか？

しかし彼女はなにも語ることはなく、ただやわらかく微笑んで、無言で俺の手をきゅっと握った。まるで迷子の子供を抱きしめるみたいに。

「次はペンギンの水槽に行きましょうか」

……慰められたんだな。

彼女は何者にも代えられない。

愛おしくて切ない気持ちが、胸を突いた。

その後。満を持して向かったマゼランペンギンの群れが住むプール型水槽は、さすが国内最大級と言われる迫力をしていた。

二層吹き抜けで作られており、個性豊かなマゼランペンギンたちが縦横無尽に泳いでいる。

「か、可愛い～～～っ」

仁菜さんはスマホのカメラを向けて、ペンギンのフォルムや毛艶を確認するために、色々な角度から写真を撮り始めた。

水槽の付近には飼育スタッフが制作したという、ペンギンたちの名前やプライベートが詳しく書かれた相関図も設置されており、ペンギンという群れではなく個に対して興味を引きやすい。

「へえ」と俺もペンギンを眺める。

「見てください、あの子たち。ほら、うとうとしてて今にも眠っちゃいそうです」

仁菜さんは二羽でくっついているペンギンを指差す。「ペンギンは番《つがい》で寄り添い合って眠るらしいです」と仁菜さんが補足する。

ということは、あの二羽は夫婦なのだろう。

「本当だ。お風呂上がりの仁菜さんに似てますね」

「えぇぇ。私、そんなにうとうとしてますか？」

「ドライヤーで髪を乾かした時にあんな顔をしてました。あと頭を撫でた時も」

ペンギンを一生懸命見ていた仁菜さんが、バッと効果音がつきそうな勢いで反射的にこちらを振り返る。

彼女はギクリとした表情で、「み、見られてたとは」なんて恥ずかしそうに語尾をすぼめる。

「君のあの顔を見ると心が満たされる気がします」

「ちょっと待ってください。今のって意地悪な顔で言う言葉じゃないですね。どんな情緒ですか」

「征服欲？」

「せいふくよく」

言葉を繰り返した彼女は、「想像してた感情と全然違う」と唖然とした表情でツッコミを入れる。

それから唇を小さく尖らせて、「幸せって意味かと思ってました」とはにかみながら肩を落とした。

「幸せ？」

「はい、幸せです」

「幸せ。……確かに、そうかもしれません」

束の間の、仮初めの夫婦生活の中に生まれたまやかしの幸せ。

「私は幸せですよ、真尋さん。始まりは唐突でしたけど、真尋さんとこうやって夫婦になれて、毎日が楽しいですから。ふふふっ」

「そうですか」

「もしかして、照れてます？」

「照れてないです」

ふいっと顔をそらす。

くすくすと堪えきれない笑い声をこぼした彼女は、またペンギンの観察に視線を戻した。

それから最後に、世界自然遺産にも登録されている小笠原《おがさわら》の雄大な海を再現したという大水槽へ向かった。

幻想的にライトアップされている二層吹き抜けのパノラマ水槽の中を、全長二・五メートルのサメ、シロワニと、大きなマダラエイ、それからたくさんの種類の魚たちが悠々と泳いでいる。

「ここにいる魚たちは、水族館の展示飼育チームのスタッフの方々が本当に小笠原諸島まで赴いて、採集されたそうですよ」

ソファ席に座って、目の前いっぱいに広がる水槽を眺めながら仁菜さんが言う。

カップル、友人グループ、家族連れ、遠方からの観光客。

たくさんの人間がそれぞれの人生のいちページとして、大水槽を夢中で眺めている。

彼らには確かな繋がりがあって、これから先も人生を刻んでゆくに違いない。

「真尋さんは小笠原に旅行したことありますか？　私は高校生の時の修学旅行で沖縄《おきなわ》に——」

水中で真っ白な気泡が立ち上るのを見ながら、彼女との時間ももうすぐ泡のように儚く消えていくのだろうなと切なくなった瞬間。

この瞬間だけでも仁菜さんを自分のものにしておきたくて、彼女の言葉を遮るようにして、つい唇を重ねてしまった。

静かに重ねるだけの、一瞬の口づけ。

名残惜しくてゆっくりと唇を離すと、「ま、真尋さんっ」と仁菜さんが俺の胸を叩いた。

「だ、大水槽の逆光に隠れてキスするなんて……！　学生同士の恋人みたいで恥ずかしいです……っ」

「皆水槽に夢中で、俺たちのことなんて見てませんよ」

「そういう問題じゃない……！　ううう、恥ずかしすぎて死にそう……！　ほら、もう行きましょうっ」

「あと少しだけ。……ね？」

赤くなったままむくれた彼女を、心の中ではいつだって『一生守っていきたい』と思っている。

だが、彼女へ『愛してる』と伝えることはできない。

いつだって、大切なものは俺の目の前から消えてしまう運命なのだ。

彼女を将来ひどく傷つけて失うことになるのなら、最初の契約の通り、偽りの夫婦生活だけで終わらせるべきだ。


日曜日は、いつものように祖父の入院先である大学病院へ向かう。

今月末にいったん退院の予定と言っても、見舞いに行く頻度は変わらない。

仁菜さんと一緒にナースステーションの前で看護師に挨拶をして、祖父の病室まで続く廊下を歩く。そうして病室の前に辿り着いた時。

「お祖父さま、ハワイの別荘もロスの別邸も探したけど、印鑑も遺言書も見つからねーんだけど。なんかヒントねぇの？」

「そんなものはない。これが答えだ」

開けっ放しにされたドアからはそんな会話が漏れ聞こえていた。

どうやら従兄、眞秀が来ているらしい。

「タイミングが悪かったな」

俺が小さく呟いたのを、横にいた仁菜さんが耳にして心配そうに見上げる。

開きっぱなしだった扉を後ろ手に閉めながら病室に入って、部屋の奥にある祖父のベッドへ向かう。

「はあ……。あの世には会社もお金も持ってけねぇんだから」

ベッドの上で上半身を起こして壁に背をもたれている祖父の前に、まるで韓流アイドルを思わせる銀色に染めたツーブロックの髪型をした長身の青年が立っている。

彼はハワイのお土産らしきククイの実の首飾りを祖父にかけていた。

しかし後ろを振り向いた途端、ギロリと甘く垂れた目元を吊り上げ視線を鋭くする。

「なんだ、真尋か」

「……奇遇ですね、眞秀兄さん」

俺はすっと表情をなくして、静かに怒りの滲んだ視線で眞秀兄さんを睨んだ。

彼は銀色の前髪をかき上げながら、「あーあ。真尋が来るなんて、タイミングが悪かったわ」と俺に向かって直接告げる。

大企業の取締役としてはいささか奇抜な髪型は、インスピレーションを重視するデザイナーという立場だからこそ例外的に許されている。

忌々しいことに相貌は俺と似通っており、確かに四条家の血を想起させた。

そんな眞秀兄さんが身にまとうのは、彼自らがデザインした異国情緒に振りきったブランドライン。

SNSで若者に高評価を得ているが、我が社の日本の伝統やわびさびに重きを置いたブランドのよさを薄めたデザインは、革新と昇華を履き違えているように思える。

あくまで派生であるから魅力が引き立つのだ。

それを理解できぬ彼に、やはり次期代表デザイナーの座は渡せない。代表デザイナーの指先ひとつで、ブランドや顧客、ひいては社員たちや取引先だけでなく、彼らの大切な家族にまで影響が出てしまうのだから。

「わざわざ女連れでここに来なくてもいいだろ。……もしかして、お前の大切な人？」

不機嫌な声音で問われて、唇を真一文字に引き結ぶ。

「眞秀、やめないか」

祖父がたしなめるが、眞秀兄さんは「なんだ。お祖父さまも知ってたわけ？　俺だけ仲間はずれかよ。みずくせぇな」と半笑いで返しただけである。

従兄の前で大切なものを曝け出すことの危険性は、嫌というほど理解している。

彼が過去してきたように、無理やり仁菜さんを奪われて、乱暴に捨てられでもしたら――。

そう考えるだけで腑《はらわた》が煮えくりかえる気がした。

感情を抑えなければ、と思うのに、無意識に従兄を睨みつけている。

従兄が新しい玩具を見つけた様子で、「へえ？」と口角を上げた。

「こんにちはお嬢さん、お名前は？　俺は四条眞秀。こいつの兄貴ね」

「えっと、あの……四条、仁菜です」

この状況にハラハラしていた様子の仁菜さんが、おそるおそる名乗る。

彼女はそのまま、しどろもどろといった緊張した面持ちで礼儀正しく頭を下げた。

その強張った声からも、『この人が、真尋さんと後継者争いをしている相手……』

と、仁菜さんが身構えていることが手に取るようにわかる。

「四条ぉ？　……なに真尋、結婚したの？」

「ええ」

「ふぅん？　あの噂って本当だったわけか。俺、結婚式呼ばれてねぇじゃん」

「お祖父さまが大変な時期に、俺が結婚式を大々的にするとでも？　ふたりで挙げたので参列者はいません」

眞秀は確認するように仁菜さんに首を向ける。

仁菜さんはこくこくと頷き、肯定した。

「へー？　可愛いね、仁菜ちゃん。真尋なんかより、俺の方が君を幸せにしてあげられると思うなぁ」

「は？」

口をついた普段より数段低い俺の声に、仁菜さんがびくりと肩を揺らす。

どうやら彼女はこの空気に耐えかねているらしい。

「だってこいつ感情ないし。無表情ばっかで機械みたいだろ？」

「真尋さんが機械？　そんなことないですっ」

しかし、眞秀兄さんが俺を指差しながらへらりと笑って告げた言葉に、仁菜さんの変なスイッチが入ってしまったようだ。

彼女は先ほどの様子とは比べものにならないほど、凛々しい表情を浮かべる。

「ご存知ないかもしれませんが、真尋さんは私の前ではとっても表情豊かですよ？　不器用なところもありますが、私にとってはそこが魅力のひとつです！」

長身の見知らぬ男に臆していたはずの彼女が、堂々と胸を張って言い返す。

しかも、どこか自慢げだ。

どうやら仁菜さんは、眞秀兄さんと張り合っているらしかった。

そんな彼女が愛おしくて、ふっと笑みが漏れる。

「おお、仁菜さんに一本取られたな、眞秀」

祖父が「はっはっは」と得意げな笑みを浮かべるのを見て、従兄はムッとする。

「は？　やってらんねぇー。俺帰るわ。お祖父さま、また来る。くたばんなよ」

「おうおう、気をつけて帰りなさい」

眞秀兄さんはバツが悪そうに言い残し、仁菜さんの頭に手を伸ばすと「お前のこと気に入った」と乱暴に彼女の髪を掻き混ぜて、踵を返す。

「眞秀兄さん」

俺の咎《とが》める声に、彼は背中を向けたままひらひらと手を振って病室を出ていった。

「な、撫でられた……？　なんだか真尋さんのお兄さんって、嵐のような人ですね」

仁菜さんは目をぱちくりさせている。

「あれは撫でたのか？　いや、なぜ今、仁菜さんの頭を撫でる必要があった？」

下降しまくっていた機嫌が、さらに落ちていくのを感じる。

「仁菜さん、眞秀兄さんのことは無視していいですから」

「そうもいきませんよ。真尋さんのお兄さんなら、私の義理のお兄様ですし。できれば仲よくしたいです」

「ありがとう、仁菜さん。そう言ってくれて心強いよ」

祖父がからからと笑う。

「私、頑張りますね！」

両手を胸の前でぐっと握った仁菜さんが、可愛すぎて参った。

それから三日後。――祖父が、急逝した。

合併症などで心臓が肥大していたことによる、急性心不全。

あと数日で退院をして、四条家の屋敷で年末年始を過ごせるというところだったのに、まさか今まで治療し続けていた病気以外で祖父を亡くすことになるとは、想像もしていなかった。

海外から親族が帰国し、俺は仁菜さんと喪服に身を包む。

祖父が用意していた遺書には、【私の後を継ぐ代表取締役と次期代表デザイナーには、四条真尋を任命する】と筆書きの達筆な字で記されていた。

ぼろぼろと涙をこぼす仁菜さんの隣で、俺は、泣けなかった。

七章　小さな命

真尋さんのお祖父さまが亡くなって、あっという間に一ヶ月半が経過した。

四十九日の法要も先月終わり、真尋さんは『Croix du Sud《クロワデュシュッド》』の代表取締役に就任。

リビングルームのローテーブルに積んである株主向けの資料には丁寧に人事の説明がなされており、世界で出版されているハイブランドを扱う雑誌には、【トウマ・シジョウの後継者として、マヒロ・シジョウが代表デザイナーとしての地位を獲得】と、継承にあたっての色々な憶測が書かれている。

「はぁ……」

ため息とともに雑誌をパタン、と閉じる。

真尋さんは、今晩は会食で遅くなるそうだ。

ひとりで夕食を食べてからキッチンで洗い物をし、すでにお風呂も済ませた私は、ソファに座って休憩タイムを過ごしながら、「はぁぁぁ」と苦悩を乗せた大きなため息を再び吐く。

季節は移ろい、すでに春。

三月初旬に入った。四月からはまた新年度が始まる。

真尋さんの会社のことは、すでにもろもろの手続きが終わって落ち着いている。

お祖父さまの法要も、次は初盆となる。

しかし、その頃には私はいないだろう。

離婚予定はあのモルディブで過ごしたバカンスから一年後。つまり、八月だ。

けれどそれまでの五ヶ月間もの時間を、私が真尋さんの家で過ごしてもいいのか、最近は葛藤が尽きない。

だって、これで真尋さんの目的は達成されてしまったのだ。

「真尋さんには私と夫婦らしく振舞い続ける意味も、私を養う意味も、もうどこにもないんだよね」

この二ヶ月半は、『まだまだ契約期間内だから』と離婚までの期限なんて見て見ぬふりをしてきた。

契約なんて都合よく忘れたことにして、私は――四条仁菜として、真尋さんの『家族』として、四条家の悲しみと真尋さんの心に寄り添うための免罪符にしたのだ。

お祖父さまを急に亡くして、一番悲しいのはきっと真尋さんだ。

けれども、誰もが四条真尋が立ち止まることを許さない。

後継者としての立場が、冷徹で強くて凛々しい〝マヒロ・シジョウ〟でなくては『Croix du Sud』を任せられないと、喪失感に苛《さいな》まれている彼を叱咤する。

「私だって、彼が特別な立場にあるのはわかる」

『Croix du Sud』は世界有数のプレタポルテだ。世界中にファンがいて、国をあげる記念式典や外交関係者、王室の人々たちもこぞって選ぶ、ファッションの最高峰。

……そんな世界を魅了するハイブランドの代表が、喪失感に苛まれた顔を晒すわけにはいかない。

部外者の私がそう感じているのだ。

当事者である彼はもっと強く、そう感じているのだろう。毅然とした態度で、普段以上に冷徹で冷たい声音で、心を凍らせていた。

だから真尋さんはお祖父さまの訃報が入った日から、一度も泣いていない。

お葬式の時も、四条家で七日ごとに行われる法要の時も、最後のお別れと呼ばれる四十九日でも。

どんなに辛くても、胸が張り裂けそうなほど悲しくても、叫び出したいほど寂しくても、涙ひとつこぼさなかった。

その代わりに……。誰よりもお祖父さまを想っていたのに、泣くことを許されていない彼の代わりに、私は我慢もせずに泣いた。

週に一度のペースで病院を訪れてお会いしていたお祖父さまも、私にとってはすでに立派な『家族』。

本当は仮初めの妻で部外者でしかない私が、お祖父さまを公に偲《しの》ぶことができるのも、真尋さんとふたりきりの時に彼の悲しみに寄り添ってそっと力になるのも……すべては、四条家の『家族』だから。

だから私は、離婚前提の契約結婚をした時に約束した『延長はありませんが短縮は検討しますので』という言葉を都合よく忘れたふりをして、大好きな真尋さんを支えられる妻としての立場にしがみついたのだ。

「だけど、もう真尋さんもしっかりと自分の感情にけじめをつけて、お祖父さまの死を受け入れて……前を向き始めてる。私がここに居続ける意味って、なに？」

朝起きた時にはベッドでおはようのキスがつむじに落とされ、一緒に仲よく朝食をとって、お昼は時々お弁当を作る。

返ってきたお弁当箱の包みに、【ありがとうございます。美味しかったです】と手書きのメモが入っていて、それにリクエストが書かれているのも嬉しい。

一緒に夕食をとって、お風呂に入った後はソファに座って時々映画を見て。私の頭を優しく撫でてくれる大きな手にまどろむ。

そしてふたりでベッドに入り、甘いキスを交わして……彼に抱きしめられて眠る。

不謹慎なことに、膨らみすぎた真尋さんへの恋心は、いつだって『彼のそばにずっといたい』と叫んでいる。

だけど、こんな幸福な時間を過ごしてもいいだけの理由が、私にはもう見つからない。

多額のお金を肩代わりしてもらい、プレゼントまでもらって、その上だらだらと彼の家に居続けるのは、むしろ負債を増やしている気になって居心地が悪かった。

「それに……」

『そんな女性がもしこの場にいたら、祖父の延命に喜ぶふりをして、あたかも純粋な善意しかない口ぶりで結婚期間の延長を提案するはずです』

十二月、お祖父さまの一時退院が決まった時に真尋さんが告げた言葉は、私にしっかりと釘を刺した。

彼が私を妻役に選んだ理由は、彼に言い寄ってきた女性と違うからだ。

「なにが違うって、たぶん見た目が平凡で、一般家庭出身で……離婚しても後腐れがないから」

この結婚に縁故は関係ないと最初に話していたのが、その証拠だろう。

これこそが、真尋さんが私を結婚と離婚を同時契約する妻役にする決め手だったはずだ。

彼は私をとろとろに甘やかして、優しいキスをして、大切に扱ってくれるけれど、それは全部――『家族』だから。

離婚が決まっている相手を愛するはずがない。

仮初めの夫婦を演じるために、そうやって過ごしてきただけだ。

ほら、その証拠に私は身体を求められたことはないじゃないか。

『多額の借金を肩代わりしてもらった上に、四条家の総資産を知れば……誰だって目が眩む。できれば離婚しないで済むように、もっと上手に手玉に取ろうという女の顔を見せるのが普通です』

四条家の資産なんか知らない。欲しくもない。

私は真尋さんが真尋さんだったから、好きになった。

人生をかけて一緒にいたい。――愛しているから、ただ、本当の夫婦になりたい。

……だけど。

「だけど私が、離婚したくないと願うのは……真尋さんにとって、きっと望ましくなくて……」

その行動は、誰から見ても……四条真尋を狙う、悪人の象徴のようなものになる。

『それなのに、君はそんな姑息な真似をしたりしない』

言外に私を信頼していると伝えてくれた真尋さんを、失望させたくない。

このまま、この結婚を、楽しくて、幸せで、悲しくて……綺麗な思い出で終わらせるのが、四条真尋の妻に命じられた私の最後の恩返しだ。

『そんな君に、俺はなにを返せるだろう』

目元に慈愛を滲ませた真尋さんの、幸せを噛み締めたような美しい笑みが忘れられない。

「——なにもいりませんよ」

なにもいりません。

ただ、ひとつだけもらえるのなら……。

それをもし、口にしてもいいのなら……。

「私は、真尋さんが欲しい」

愛おしさで胸が苦しくなる。

熱くなった目元から、ぽろぽろと涙が溢れ始めた。

……だけど〝真尋さん〟は、一番願ってはいけないものだ。

彼はただ期間限定の家族としての私に報いるために、甘やかして、大切にしてくれていたのだから。

「やっぱり、これ以上迷惑はかけられない。……そろそろ潮時だよ」

この家族ごっこに、いつか終止符を打たなくちゃいけないのなら――……できるだけ、未練が少ないうちがいい。

「離婚、しなくちゃ」

一日を重ねるごとに、彼への想いが溢れ出しそうになってしまう。

でもそれで、好きな人に失望されたくないから。

「……離婚、しよう」

その決断を固めるのは、身を引き裂かれるような思いがした。

真尋さんに改めて時間を作ってもらい、私は静かに切り出した。

「今月末に、離婚したいと思っています」

彼の喉からひゅっと息を吸い込んだ音がした。

「……八月まで、まだ五ヶ月もある。なぜ急にそんな」

「結婚の理由だった後継者争いも真尋さんが見事制して、もうすべてが落ち着きました。私がここで養ってもらう理由がありません」

「けれど契約は一年間だったはずです」

「それはすべてが落ち着くまでを見積もって、という大まかな時期でした。それに、これ以上、四条家の皆さんや会社関係者の方々への嘘が大きくなる前にも、早めに離婚すべきかな？　と。現在の状況は、契約時のお話で出ていた『短縮の検討』に該当すると思います」

胸が苦しくて苦しくて仕方ないけれど、私はそれを我慢して微笑みを浮かべる。

『祖父の余命は半年、後継者として正式に代表就任後、周囲が安定するのを含めて一年くらいでしょうか。延長はありませんが短縮は検討しますので、それまでの期間で上手く夫婦を演じてくれれば結構です。君も、人生を無駄にしたくはないでしょうから』

脳裏には彼と初めて会ったあの日、彼が告げた言葉が蘇る。

「五ヶ月間、私が真尋さんの妻としてすべきことはもうありません。真尋さんも、人生を無駄にしたくはないでしょうから」

真尋さんはハッと顔をあげて、ぐっと奥歯を噛み締める。

「……は、はは。そうですね、もともと決まっていた離婚でした。時期が早まって、むしろよかった。では具体的な日にちを決めないといけませんね」

それからふたりで離婚の日取りを決めて、離婚届に日付を書き入れる。

【三月三十一日】

契約結婚を決めた時は、まさか真尋さんと別れるのがこんなに苦しくて……胸が痛くなるだなんて、思ってもいなかったなぁ……。

好きでもない人と結婚するなんて、と思っていた以前の私に会えたら、がしっと両肩を掴んで強く揺さぶりながら、こう言いたい。

『それどころか、仮初めの夫婦生活でも、世界で一番愛する人と結婚できたんだよ！もっと全力で幸せを楽しんでね！』と。

まあ、そんなことを言ったところで、恋愛経験ゼロの以前の私は口をへの字に曲げるのかもしれない。

恋愛はいざしてみないと……。その切なくて、苦しくて、甘くて……どこまでも愛おしい、厄介な気持ちがわからないから。

離婚届をチェストにしまった真尋さんが、「仁菜さん」と思い詰めた様子で私の名前を呼ぶ。

「なんですか？」

「モルディブへ行きませんか？　今まで俺を支えてくれたお礼がしたいんです」

「へ？　そ、そんな気を遣わないでください！　お礼なんて、むしろ私がもらいすぎなくらいで……！」

「どうせなら、俺たちの関係が始まった場所で終わりにしたい」

真尋さんの真剣な瞳が、私の心のやわらかいところに触れる。

きゅうっと喉に切なさがせり上がってきて、瞳がじわじわと熱くなる。

頑張って涙を堪えていないと、泣き出してしまいそう……っ。

そう思って、一生懸命明るく元気な笑顔を取り繕う。

「それじゃあ、家族として最後の思い出作りにっ」

最後に旅行ができるだなんて、夢にも思わなかった。

真尋さんとなら、どこへだって行きたい。

「行きましょう、モルディブ！」

こうして真尋さんに誘われるがまま、離婚日に合わせて、ふたりが出会ったあのプライベートヴィラへ行くことに決定した。

三月下旬。あの時と同じモルディブの水上ヴィラのプレジデンシャルスイートで、五泊の予定を組んだ。

帰国便の飛行機は別々の時間を選択して、私の引っ越しの荷物もすでに実家へ送っている。

成田からの出発時刻、飛行時間、それからドバイで乗り換えて、首都からは水上飛行機に乗るという行程は、前回とすべて一緒。

前回と違うのは、真尋さんが押さえてくれたファーストクラスで優雅なフライト時間を過ごしたり、首都に一泊せずともチャーターした水上飛行機で時間を気にせずゆったりとした市内観光を楽しめたこと。スイートルームではふたりでプールで戯れ合いながらお喋りに興じる時間がメインになったことと、それから……私の気持ちだろうか。

すべてが始まった場所で、時間を巻き戻していくかのように一日一日が過ぎていく。

幸せな生活は、終わりを迎えるために進んでいく。ひとつ瞬きをするごとに――私をヒロインにしていた魔法が、解けていくみたいだった。

そうしてとうとう、五日目の夜が来た。

明日は本当に、ここを別々に発つことになる。

真尋さんはいつものようにベッドで深いキスをしながら私を抱きしめ、「仁菜さん」と熱のこもった視線で私を見つめる。

この時間が終わってほしくない。

まだ、眠らないで。……眠らせないで。

そんな気持ちが彼に伝わるように、必死で彼の甘い唇を享受してとろけきった視線で見上げる。

「真尋さん……もっとキス、しましょう」

「…………っ」

彼の視線に焦がされ、甘いキスに酔って身体が熱くなる。

だけどどんなに深いキスを重ねても、熱い舌を絡めても、まるで人魚姫がしゅわしゅわと泡になっていくみたいに、幸せが、真尋さんのぬくもりが私の中から消えていく。

……この先、きっと彼以上に好きになる人なんて現れない。

真尋さんとの未来までは望んだりしないから……。たった一晩だけでいい。愛している彼の腕の中で、抱かれたい。

私のファーストキスも、舌を絡める深いキスも、そしてその先も……全部全部、真尋さんの思い出でいっぱいにして。

そしたら、その思い出を胸に――あなただけを想って生きていけるから。

ねえ、お願い。私を抱いてください、真尋さん。

私はキスで火照りきった身体を彼の肌に寄せて、ぎゅっと縋りつくように抱きつく。

すると真尋さんは切なげに眉根を寄せて、私の上に覆い被さりベッドの上に押し倒した。

「……あまり煽らないでください。そんなに可愛い顔で物欲しそうに見られたら、勘違いしそうになる」

真尋さんは焦燥と情欲に駆られて自制しようとして、失敗したような顔をしている。

その濃灰色の瞳に揺れる仄暗い熱が、欲情しきって渇ききった獰猛な獣のような視線が、私を射貫く。それだけで、身体の芯が熱くなる。

「今度は冗談じゃ済まされない」

「そ、それって」

「このまま君を抱く。――朝まで」

静かに激情を滾らせた低く甘い声音は、間違いなく本気だった。

その言葉は、私の理性を崩壊させるのに十分すぎるほどで。

「だ、抱いてください。初めては……真尋さんがいい」

ううん。真尋さんにだけ、捧げたい。

私は消え入りそうな声で、懸命に懇願する。

だって、私はあなたが欲しい。真尋さんが、欲しい。

すると、ぎらりと抑えきれない情欲と独占欲を浮かべた双眸が、私を絡め取るように見下ろす。

「優しくします。でも、加減はできません」

真尋さんは掠れた甘い声で、私の太腿を蠱惑的な手つきで撫であげた。

「無意識に期待して目を潤ませる君のこんな姿を見たら、もう我慢なんてできそうにない。……俺の執愛にどろどろに溺れる覚悟、していてください」

私に覆い被さった彼の黒髪がさらさらと崩れて、熱情を孕んだ甘い目元にかかる。

彼の目元にかかった前髪の隙間から覗く、激情にのまれた瞳に射貫かれた瞬間。

彼は私を深く掻き抱いて性急な口づけをした。

「んん……っ」

舌を熱く絡める息もつけないキスでとろとろになっていると、あっという間に下着姿にされてしまう。

あの時とは違う、健康的なリラックスタイムを追求しているわけではない、レースがたっぷり施された大人の下着。

私が真尋さんのためだけに購入したその下着を、今夜こうして身にまとっていたことに、彼はどう感じただろうか？

そう思った途端、たちまちにひどい羞恥心に苛まれてしまって、私は涙目で身体を隠すようによじった。

「隠さないで。……すごく綺麗だ、仁菜」

甘くて低い声で真尋さんが囁く。

彼の大きくてごつごつした手のひらが私の胸の膨らみにゆっくりと添えられ、晒された肌の上に「ちゅっ」とリップ音とともにキスをされる。

「あ……っ」

ちゅっ、ちゅっ、とそんな場所に優しいキスをされて恥ずかしい。

真尋さんの長い指先が、レースに隠された敏感なところ優しくなぞる。

「この下着、もしかして俺のために選んでくれたんですか？」

「そ、それは……あっ」

「どうしてこんな可愛いことができるんだ。君を閉じ込めて、離したくなくなる」

熱い吐息を吐きながら意地悪な言葉で攻められて、下腹部がきゅうんと甘い熱を持つ。

彼はそのまま私の唇を貪るように淫らなキスをしながら、気持ちいいところを探すみたいに愛撫する。押し寄せてくる甘すぎる快感を享受していると、いつの間にか一糸まとわぬ姿にされていた。

無骨な手のひらが、火照って汗ばんだ肌に吸い付く。

丹念に円を描くように胸を揉みしだかれるたび、感じた経験のない甘い刺激が与えられて、びりびりと背中を甘い電流が駆け上がる。

「あ、ぁん」

その間も真尋さんの唇がちゅっと艶やかなリップ音を立てながら、絶えずキスの雨を降らせてくる。

けれど、もうキスをしていない場所を探すのが難しいくらい全身に口づけているのに、彼は桃色に染まった頂にだけは触れないようにしている。まるで、快感を焦らすみたいに。

なんで……っ、もう、変になりそう……っ！

あまりのことにふるふると身体を震わせていると、真尋さんが欲情しきった美しい顔を膨らみに寄せる。

そして熱くやわらかな舌でその頂を包んで、食むように、ゆっくりとゆっくりと舐め上げた。

「ふぁぁんっ」

「ああ、気持ちいいんだな」

ちらりと覗いた赤い舌がひどく煽情的だった。

悪魔のように目を細めた美貌が、禁断の果実でも食べるかのように頂を悪戯に弄《もてあそ》ぶ。

真尋さんから匂い立つ、大人の色気に見とれてしまう。

火照った身体を優しく、けれど彼の中で燻り続けていた欲情や独占欲をぶつけるみたいに強引に愛撫されるたび、じくじくと甘い疼きが止まらない。

艶やかな水音が静かなベッドルームを支配していく。

翻弄されてくたりと力の抜け切った身体は、とろとろにとろけきっていた。

あ、ああ、ダメ……っ。

甘い声が唇から溢れるのを抑えきれない。

真尋さんから与えられる淫らな刺激に抗えなくなった私は、ついに我慢できなくなって最後の理性を手放した。

「……とろとろだな。今からもっと気持ちよくしてあげますね」

背徳的な快楽に身を委ねてしまったのがバレたらしい。真尋さんは極上な悪魔の笑みを浮かべると、甘く疼くやわらかなくぼみを浅く指先で擦り、ゆっくりと深く侵入させた。

彼は情欲を孕んだ双眸を切なげに歪めながら甘いキスをしつつ、たっぷりと絶え間なくそこを愛撫してくる。おかしくなりそうな感覚の中、とろけきった甘い声が唇からこぼれるのを止められない。

「真尋さん……っ、もう無理ぃ……」

身をよじりながら、潤んだ瞳で見上げる。

ずっと悩ましげな表情を浮かべていた真尋さんは、汗が滲んだ額に張り付く黒髪を艶やかな仕草でかき上げながら引き締まった肉体を起こすと、「無理？　俺ももう無理です」と艶やかに悪魔の微笑みを浮かべて、猛りきって張り詰めた欲情をぴたりとあてがった。

……あ、熱い……っ。

「挿れますね」

「う、あ、はい」

真尋さんは滾る欲情と独占欲をないまぜにした瞳を細め、ゆっくりと腰を沈めていく。その瞬間、私は息を詰めた。けれど甘い痛みの後、すぐに感じたことのないほどの気持ちよさが押し寄せてくる。

「あ、あ、あ……！」

真尋さんの激情が幾度も刻まれるたび、甘い声が唇から漏れてしまう。

どうしよう……っ。なにも考えられない……！

「仁菜さん、仁菜……っ」

真尋さんが切なげにぎゅっと眉を寄せて、熱い吐息を吐きながら私の名前を呼ぶ。

腰を強く激しく打ち付けられ、私のひときわ甲高くてとろけきった甘い声が漏れた瞬間、痺れるように甘美な余韻が駆け抜けて、彼が「くっ」と苦しげに短く息を吐いた。

静寂の中に「はあ、はあ」と、どちらともない熱い吐息が漏れ聞こえる。

真尋さんの額にかかっていたさらさらの黒髪から汗が滴る。

ベッドに私を縫い止めたままの彼は、今にも泣き出してしまいそうな表情で私を見下ろした。

「最後にひとつだけわがままを聞いてほしい」

彼の縋るような切実な声が私の鼓膜を震わせる。

「君がこうして俺に抱かれたことを、どうか、忘れないでほしい」

「……はい」

私の人生の中で、最初で最後になる一夜を、忘れたりなんかしない。

声も、表情も、身体の内側に感じる熱も。真尋さんのすべてを覚えていたかった。

それから――情熱的に彼から求められるままに、私も彼を求めた。

再びベッドで翻弄され、今度は彼に腰を抱かれたまま下から激しく突き上げられる。

私に思い出を残そうとしてくれているのか、真尋さんの双眸には、まるで私を本当に愛おしんでいるみたいな熱が灯っている。

それはどこまでも切なく、狂おしいほどの渇愛を孕んでいて。

「愛してる、仁菜」

熱に浮かされた彼が切なげに口にする。

けれど、とめどなく与えられる極上の快感で意識が朦朧《もうろう》としていたせいで、その意味を知る前にとろけきった私の意識が飛んだ。

ベッドで翻弄され続けた後は、灯りが揺らめくプライベートプールが一望できるお風呂に一緒に入って……。

真尋さんに甘く意地悪に命じられるまま互いの姿が映る大きな窓に手をついて、淫らなキスで耳元を責められながら、後ろから激しく抱かれたりした。

どこまでも甘く絶え間なく、数えきれないくらい彼の熱情と思い出を刻み込まれる。

こうして――。

甘く切ない離婚前夜。異国の海上にあるスイートルームで、真尋さんは空が白み始めるまで何度も私を抱いた。


翌日。私が鈍い腰の痛みを自覚し、ふっと意識を取り戻した時には、すでにお昼を過ぎていた。

「え……っ。真尋さんの飛行機って、十二時発じゃ……っ！」

ベッドサイドにあった置き時計時計を見て、がばりと急いで起き上がる。

「真尋さん、遅刻です！　飛行機もう出ちゃって――」

隣に寝ていたはずの彼を起こそうとして、言葉をなくす。

キングサイズのベッドの乱れきっていたシーツは整えられており、そこに彼の姿はなかった。

「……え？　真尋、さん……？」

部屋を探してみても、彼の姿は見つからない。それどころか彼のトランクさえなかった。

代わりに見つけたのは、テーブルの上にそっと置かれていた一枚のメモ。

【今までありがとうございました。君の声を聞いたら別れがたくなってしまうので、起こさずに先に出ます。出発まではゆっくり過ごしてください。真尋】

「……そ、れって……。もういないって、こと？」

数時間前までは確かに私を愛してくれていた彼は、予定通りの飛行機ですでにこの国を発ったのだ。

心が切なく軋《きし》んだ、その時。

スイートルームに、客室電話機のコール音が突然鳴り響いた。

私は慌てて、ベッドサイドにあった電話から受話器を取る。

《おはようございます、お嬢様。フロント係からモーニングコールです》

頼んでいた覚えはないが、ロビーのホテルマンからのモーニングコールだった。

私は《お、おはようございます》と英語で返す。

《本日のブランチはお部屋でとうかがっておりますが、三十分後にお部屋にお持ちしてもよろしいでしょうか？》

《三十分後ですね、お願いいたします》

《かしこまりました。それでは本日もよい一日をお過ごしください》

静かに受話器を戻す。

もしかしたら、一晩中愛されて疲労困憊になっているだろう私を労って、真尋さんがモーニングコールと部屋食を頼んでいてくれたのかもしれない。

「でも、いくら疲れていたって……真尋さんのこと、最後にちゃんとお見送りしたかったのにな」

ぽろりと、涙が溢れる。

今にも消えそうになっていた一筋の魔法の光が、ふっと消失した瞬間だった。

冷えきったベッドには、彼のぬくもりの欠片すら見当たらない。

——ここにはもう、なにもない。


真尋さんと離婚して一ヶ月半が経った。暦はすでに五月。

実家に帰って、以前の生活スタイルにすっかり戻っていた私は、『Atelier Nina』の出店準備に追われていた。

なんと、全国展開をする有名百貨店である『鶴峰百貨店《つるみねひゃっかてん》』からのオファーで、期間限定のポップアップショップを展開できることになったのだ。

と言っても無料で、というわけじゃない。

そこは百貨店側もビジネスなので、日程とスペースに応じて結構な出店料を支払う必要がある。


だけどありがたいことに、今までの売上でまとまった貯金も貯まってきている。

それにまさか百貨店に出店できるなんて、こんな貴重なチャンスがこれから先降ってくるとは限らないから、清水《きよみず》の舞台を飛び降りる勢いで、いちにもなくオファーを快諾した。

開催時期は二ヶ月後の七月第一週にあたる、七月五日水曜日から七月十一日火曜日まで。

場所は、日本橋《にほんばし》にある鶴峰百貨店本館一階の正面玄関から入ってすぐ……のところではなく、その奥にあるエスカレーター横の催事スペースだ。

フロアの片隅に設営される小さなポップアップショップだけれど、アトリエ以外でお客様をお出迎えするのは初めての経験になる。

「準備は大変だけれど、それ以上にやりがいがあるっ」

ワクワクと楽しさで溢れた毎日は、本当に二十四時間が短く感じられてめまぐるしかった。

「だけど、ちょっと休憩……」

私は縫い針を、針山に片付ける。

それからオーダー品ではない作りかけのペンギンのぬいぐるみや型紙が広がるテーブルを整頓すると、アトリエを出て、二階にある自室へ向かう階段をのぼる。

「はあ……。なんだろう、なんだか最近体調が変かも」

急に寒気がしたかと思えば、まるで夏バテみたいに火照って目眩がするような感じがするし……。まだ春だけど。

五月に入ってから、東京の気温はぐんぐん上がっている。時には三十度に届きそうな日もあった。去年は記録的な猛暑も続いていたし、今年もそうなる可能性もある。

「季節の変わり目と忙しさで、身体が体温調節できなくなって参ってるのかなぁ」

そう思いながら、ベッドに横になる。

最近は疲れが溜まっているのか、ソファでちょっと休憩と思っても睡魔が襲ってくるし、ベッドで横になるとすぐに眠ってしまう。

その割には、なんだか寝足りない感じがして睡眠不足は解消されなくて、日中もだるくて……。

食欲も全然湧かない。それどころか腹部が変に張っていて苦しいし、時々吐き気もあったりして、気持ちが悪かった。そんな時は決まって、炭酸水が無性に欲しくなったりもする。炭酸入りの飲み物なんて飲み慣れていないのに、飲むとなぜだかすっと腹部の圧迫感が和らぐのだ。

「う～ん。失恋と離婚と……引っ越しだって重なったし。新生活への疲れが一気にきてるんだろうなぁ」

そう考えてみて、……ふと、そういえば今月も生理が来ていないことに気がつく。

ごそごそと起き上がって、ベッド前に置かれている手帳を手に取って確認してみると、三月十七日に開始↓三月二十二日に終了という意味の矢印が、赤ペンで引っ張ってある。

生理不順は、今までもあった。

だから忙しさもあって、あまり気にしていなかったけれど……。このままでは、前回の生理からもう二ヶ月も来ていないことになる。

「生理が来てないせいで、色々な部分に影響が出ていて体調が悪いとか？　これって、月経前症候群かな？」

やっぱり忙しいからなのかもしれない。

「……いったん準備が落ち着いた頃を見計らって、婦人科へ行ってみよう」

そう呟いて目を閉じたら、私はいつの間にか寝入っていた。


三日後。私は日本橋鶴峰百貨店の本館にある会議室で、担当者の方と打ち合わせをしていた。

少し明るめの黒髪をきっちりひとつ結びにした三十代の女性、高坂《こうさか》さんは、鶴峰百貨店の売り場マネージャーを経て、凄腕バイヤーをしていたそう。

現在はその経歴を生かして、こうした催事スペースのプロモーション企画担当者として、高坂さん的にビビッときた個人経営のお店などにオファーをするそうだ。

「正面玄関を入ってすぐのお客様に、エスカレーターに乗る前に足を止めてもらうなら、季節的に夏をイメージする動物の商品が目を引くかもしれませんね。涼やかな雰囲気の作品、それからパステルカラーの作品なんかがおすすめです」

「ふむふむ、なるほど……」

高坂さんのアドバイスを聞きながら、私は細かくメモをとる。

「それではペンギンやイルカ、シロワニ、それからエイなんかもいいかもしれませんね」

ちょうど、出店にはペンギンのぬいぐるみを出したいなと思っていたところだ。

真尋さんにもらった水族館の年間パスポートは、今も大切に持っている。

まだ癒えてない失恋の傷は深くて、ふと彼に会いたくなる時がある。そういう、彼との思い出を振り返りたくなった時、私は決まってあの有名観光地に隣接した水族館を訪れていた。

「いいですね、海の生き物のオーダーメイドは好評だと思いますよ！」

「ありがとうございますっ」

「七月の第一週ですが、一応夏休みも近いので、小さいお子様向けのぬいぐるみ需要も高まるかと思います。こちらも検討してみてはどうでしょう？」

「そうですね……。うちのぬいぐるみはもともと小さいお子様向けというよりは、鑑賞用の贈り物向きなんです。お値段もいったい三万円からのオーダーでお作りしているので、小さいお子様向けに購入される方がいらっしゃるかどうか……」

今までも『子供の二分の一成人式の記念に』というオーダーは、あるにはあった。でも、お客様も飾り物としての側面を重視されていて、『将来、子供が二十歳になった時に一緒に写真を撮りたくて』と話されていた。

「鶴峰百貨店は、純金資産一億円以上の富裕層の方々が顧客に多くいらっしゃいます。

お子様にも特別な、丁寧に作られたこだわりのおもちゃを与えたいという声も大きいんです」

高坂さんが資料を提示する。

鶴峰百貨店の八階にあるキッズ向けフロアでも、取り扱っている玩具はヨーロッパや日本を生産国とした、自然派、知育に特化した商品ばかりみたいだ。

その一例が写真とともに出ているが、お値段もやや高めである。

うちでは伝統的なハードボードジョイントとガラス製のグラスアイを採用してテディベアの伝統的な作り方にこだわり、どんな動物のぬいぐるみも一生ものの飾り物として楽しんでいただけるように徹底しているが、お子様が遊んでいたら壊れてしまうかもしれない。

「では今回の出店を機に、お子様のおもちゃとしても楽しんでいただけるよう、お洗濯可能なプラスチックジョイントとプラスチックアイでもオーダーを受け付けたいと思います」

什器は富裕層向けの高級感のあるシックなものを、鶴峰百貨店が貸し出ししてくれるらしい。

なので、準備期間には商品として陳列するためのぬいぐるみを作ればオッケーだ。

プラスチックジョイントとプラスチックアイを使った作品も、いくつか作っておこう。

「ではその特徴も、ウェブサイトの広告と外商のお客様向けに鶴峰百貨店が発行している案内状などに盛り込んでいきますね」

「よろしくお願いします」

「それから『Atelier Nina』さんはオーダーメイドの世界でひとつだけのぬいぐるみ、ということで『妊娠・出産祝い』にも喜ばれると思いますので――」

高坂さんが詳細をまとめた資料に書き加えながら続けた言葉で、私は急にハッとする。

もしかして、今まで体調不良が続いてたのって、生理不順じゃなくて……。

……まさか、妊娠？

思考の片隅で考えて、心臓がどきりとした。

それからつつがなく打ち合わせを終えた後も、なんだかそわそわして落ち着かなかった。

その後、カフェで遅めの昼食をとりながら、スマホで妊娠初期症状について調べる。

真尋さんとは後継者争いを制すための契約結婚をしていたけれど、彼が自分の血を引く後継者を欲していたわけではないので、もちろん妊活はしていなかった。

彼に抱かれたのは、離婚前日のあの夜だけだ。

それに妊活は避妊をせずに性行為をするから、赤ちゃんができるんだよね？

それくらいしか知識がなく、当たり前だが妊娠初期に出てくる症状についての知識がなかった私は、一生懸命自分と違うところを探した。

けれど、今自分の身体に起きている異変は、どれも妊娠初期症状と合致している。

もしかして、本当に？　なんて考えるとさすがに怖くなる。

「……いやいや、考えすぎよね？」

だって避妊具なら、真尋さんがちゃんとつけてたもの……。

白濁の熱い欲を吐き出しては、彼が丁寧に取り替えてくれていたのを覚えている。

そのせいで何箱も使っちゃって……って、なんだか恥ずかしくなってきた……！

私はあの夜を瞼の裏に鮮明に思い出してしまい、赤くなった頰を両手で押さえた。

起きた時に彼がいなかったことは寂しかったけれど……あの夜、私は確かに真尋さんに愛されていた。だからその思い出を胸に、こうやって毎日頑張っているのだ。

――だけど。

私は周囲になにを検索しているか気取られないようこっそりと、気遣いながら、スマホをタップする。

そうして国の関係機関が監修しているウェブサイトを開き、出てきた文章に絶句する。

【日本では避妊のために避妊具を選択するカップルが多いのが現状です。しかし避妊具をつけてしっかり避妊していても、十四パーセントのカップルが妊娠に至っています。】

「……えっ」

【現在、世界的には経口避妊薬『低用量ピル』を使用するのが主流です。より確実に避妊をするためには、避妊具と低用量ピルを組み合わせて使用しましょう。】

「そ、そんな……」

調べてみた結果、スマホの画面に表示されたのは『避妊具をしていても妊娠する』という結論だった。

ど、どうしよう、そんなに高い確率だなんて……。避妊具をしていたら、失敗なんかほぼ起きないと思っていたけど、そんなの間違いだったんだ……！

完璧に避妊するには、私もピルを飲む必要性があったなんて……。

【妊娠を望んでいない場合は、婦人科でアフターピルを処方してもらいましょう。】

と書いてあるけれど、公用語が英語ですらない海外で婦人科を探して受診するなんて、思いつきもしなかったし……！

そもそも真尋さんとそうなったのだって急だったから、前もって出国前にピルを用意することすら思いつかなかった。

思いついたことといえば、あの開放的なスイートルームの間取りは知り尽くしていたので、今度は見られてもいい下着を着ておこう！　と、見えない部分にまで気を使うことだけだった。

だけど、もし、十四パーセントの確率に当てはまるのなら……私の身体は今、いったいどうなっているのだろうか？

ドキドキしながら、今度は急いで排卵日について検索する。

ええっと、なるほど？

前回の月経開始日が三月十七日だから、それから十四日後で……。

……………ま、待って。

まさか、排卵日って……三月三十一日!?

離婚前夜のあの夜が、ちょうど排卵日の前日からその当日だったなんて……っ！

ウェブサイトには『もっとも妊娠しやすい期間』と表示されている。

一睡もできないくらい朝までずっと、あんなに何度も何度も激情を刻み込まれて、とろとろになるまでたっぷり愛されたのだから……妊娠していない可能性の方がずっと低い。

もしも、妊娠していたら……っ。

さあっと身体から血の気が引いていき、一瞬で不安に苛まれる。

幼い頃に淡い初恋はあれど、真尋さん以外にちゃんと心から好きになった人はいない。

そんな恋愛経験ゼロの私にとって、彼との一夜は、私の人生で最初で最後の一夜だった。

そんな私が急に、妊娠して、お母さんになるなんて——！

臆病な心が、心細さに震える。

離婚した以上、真尋さんを頼ることもできない。

私はもしもの可能性や未来を想像するだけで、赤ちゃんへの罪悪感と、大きすぎる責任感に押し潰されそうになる。

……ううん、まだ妊娠してるって決まったわけじゃないもの。

私は罪悪感と不安と心細さでいっぱいの気持ちを消すためにも、カフェからの帰り道に薬局に寄り、ドキドキしながら初めての妊娠検査薬を買った。

実家に帰り、説明書をこれでもかってくらい隅々まで読み込む。

心臓がばくばくしている中、封を切って震える手でスティックを取り出し、おそるおそる使用して……。

確認してみると——。

「妊娠、してる」

妊娠検査薬の窓には、お腹の中に命が宿った証を示す二本の赤い線がくっきりと出ていた。

ドキドキと、体内に大きく響く心臓の音がすべてを支配する。

頭が真っ白になって、私は妊娠検査薬を手に持ったまま、その場を右往左往した。

「と、とりあえず、まずは……お風呂に入ろう。それで、いったん落ち着かなくちゃ」

私はぎくしゃくした動きでバスタブにお湯を張って、足を折り曲げて肩まで沈む。

お腹を撫でてもぺたんこで、まだなにも変化は感じられない。

「だけど……ここに確かに、赤ちゃんがいるんだ……」

父亡き後、母がどれほど苦労しながら自分を育ててくれたか知っている。

知っているからこそ、自分ひとりで育てていけるのかという不安が押し寄せてくる。

「それに今は、仕事だって軌道に乗り始めたばかりのタイミングで忙しいし……出産にかかるいろんなお金だって……」

今回の鶴峰百貨店ポップアップショップのために多大な出店料を支払った関係もあって、貯金はもうほとんどない。

妊婦健診や出産費用が高額なことはテレビで見たので知っている。そのために多少、なにかしらの助成金があるらしいことも。

でも、赤ちゃん用のベッドは？　ミルクは？　おむつは？　ベビーカーは？

知識のない中で思いつく限りでも、出産に備えて必要不可欠なものが多すぎる。

「それよりももっと不安なのは……。私ひとりだけで、赤ちゃんを育てていけるかってこと」

……真尋さんに頼る？

「ううん、そんなの、本末転倒だよ」

母のブランド存続や海外進出成功のための借金のことで、真尋さんには随分とお世話になった。

彼は不器用で優しい人だから、『堕ろしてほしい』とは言わないだろうけれど……。

「これ以上は、絶対に迷惑をかけたらダメだ」

私はあの一夜で妊娠したかもしれない件に関して、真尋さんへ連絡しない道を選んだ。

八章　執愛のゆくえ

仁菜さんと離婚してからというもの、俺はなにも手がつかなくなっていた。

彼女が住む前までは無機質なリビングにも違和感がなかったのに、彼女がいなくなってからは違和感を覚えるようになった。

どこを見ても仁菜さんの笑顔が、優しい笑い声が、あたたかい匂いが、脳裏をよぎって……。

広いベッドも、彼女の寝ていた場所を空けていなくては眠れない。

俺が帰宅すると、まるで待ちわびていたみたいに玄関に駆け寄ってきてくれた彼女の、『おかえりなさい』の言葉は……もう二度と聞けないのだ。

がらんとした空間を見ると、最初からひとりきりで住んでいたはずのこの家では感じ得るはずのなかった寂しさを覚え、孤独を感じた。

俺は無意識に、自室にある金庫を開けて、思い出のうさぎのぬいぐるみを取り出す。

仁菜さんがこの家にいる時は封印していたパッチワークのうさぎが、黒いつぶらな瞳で俺を見上げる。

「またお前とふたりきりだな」

俺は小さく微笑み、大切なジャケット生地でできたうさぎの頭を撫でて、目に見える場所へ置いた。

それだけで、俺に巣食う孤独がすっと埋まっていく気がする。

もともと離婚前提の契約結婚だったのだから、いつかはこんな日が訪れるのだと頭では理解していた。

だが、こんなにも早く離婚の機会が訪れるだなんて思ってもみなかった。

「はあ……。風呂に、入るか」

思考の渦に呑まれて、激しく重たい過剰なほどの彼女への愛が胸を突く前に、頭を冷やそうと思った。

夜空には暗雲が垂れ込め、窓には春を終わらせるかのような大粒の雨が吹きつけている。

「……これでよかったんだ。そうだろう？」

俺は彼女が確かに存在していた気配の残るバスルームで、冷たいシャワーを頭から浴びる。

ざぁざぁと降り続ける雷雨。

　それをかき消すようなシャワーの水しぶきが、俺の素肌に当たり、棚に置かれたアロマオイル入りのバスソルトの瓶をも激しく濡らす。

『これ、モルディブのお土産屋さんで買った現地の方の手作り製品なんですけど、よかったら使ってみてくださいね。使い方はひと摑み程度を、バスタブに張ったお湯の中に入れるだけですっ』

『……ひと摑み？　君と俺のひと摑みじゃ量が変わるような気がするが』

『た、確かに。でもお土産屋さんのお姉さんが、これくらいって言ってました。じゃあ、今ちょっとお手本を見せますから』

　結婚して二週間が経った頃。そう言った仁菜さんは、口の広い瓶の中に小さくて華奢な手を入れて適量を取ると、バスタブに香りのよいバスソルトを振り入れた。

『プルメリアか。ストレス緩和や緊張を和らげる効果があるんでしたっけ』

『そうなんですか？　じゃあ今の私たちにぴったりですねっ。緊張感、ほぐしていきましょう！』

『……じゃあこのまま、一緒にお風呂にでも入ってみますか？』

『へ⁉　いえ、いえいえいえ、滅相もないです……って、真尋さん、突然脱ぎ出さないでください！』

着ていたシャツの袖口の釦を外し、前の釦に手をかけたところで、俺の冗談に顔を真っ赤にした仁菜さんは、脱兎のごとく逃げ去っていった。

そんな彼女を見て『ふっ』と堪えきれずに吹き出す。

「……そんなことも、あったな」

小さな思い出が詰まった、残り少ないバスソルトの瓶を手に取り、適量をバスタブに溶かす。

だが、ふわりと香ったプルメリアの甘い匂いは、なぜだかあの夜の——モルディブでの離婚前夜を想起させた。

……そうだ。あのスイートルームにもプルメリアがあったか。

彼女を狂おしいほどに求め、俺の中に燻る激情を刻み込むように抱いたあの夜。

仁菜さんの熱に浮かされた表情も、甘く喘ぐ声も、無意識に俺を求めて抱きしめる腕も——……あの時だけは、確かに彼女は俺のものだった。

彼女のすべてを思い出すだけで、狂おしいほどに胸が締め付けられる。

今はもう、彼女へ直接向けることのできない執着にも似た愛おしさが、俺の胸の奥でどろどろに煮詰まって、苦しくて苦しくて死にそうだと思った。

……どうすれば、仁菜さんはこの家に帰ってきてくれるだろうか？

そう自問自答しては、胸が潰れそうなほど軋む。

離婚したのだから、帰ってくることなどありえない。それに彼女の人生を思えば、これが最善の選択だったのだ。

だが、もしも。

もしも、あの熱帯夜に彼女が俺の子を孕んでくれていたら……。

そしたら、彼女を迎えに行ってもいいだろうか──。

俺は未練たらしく、叶いもしない彼女との幸せな日々を夢想して、濡れそぼった黒髪を片手でかき上げる。

「ははは。……人間味がない無表情な四条真尋も、彼女の前ではただの愚かな男だな」

自嘲気味に吐き出す。

与える相手を失ったこの狂おしいほどの執愛を、俺は、どうすればいいだろう。

離婚してから二ヶ月半が経ったが、俺は変わらず仁菜さんへの未練と後悔を抱き続けていた。日々彼女を夢想し、伝えられない激情を吐露しながら自身を慰める。

仁菜さんへの重たすぎるこの恋情は、新しい人生を歩み始めた彼女のためにも断ち切らなくてはならない。俺は過剰に仕事に打ち込むほか、解決法を見つけられずにいた。

だがそれが功を奏したのだろう。仕事を激務にすればするほど、私生活はどんどん荒れていき……。仁菜さんと結婚した以前の状態に、すべてがリセットされていた。

しかし、それを心配に思っていた人物がひとりいたようだ。

長年副社長付きだった有能な秘書である男・宮藤《くどう》が、「四条社長。今週の会食の予定は全部キャンセルにしました」と突然ため息交じりの声で告げてきた。

「なっ。勝手なことをしないでくれ。社長就任から一年も経っていないんだ、今が大事な時期なのは宮藤もわかっているだろう。先代からの繋がりを会社のために維持するのも、代表デザイナーとしての仕事のうちだ」

「そうですが、社長。……満身創痍じゃないですか。アフターファイブは水族館にでも行って、ついでに魚が見えるレストランで食事してきてください。年間パスポートを買ったって、以前話されていましたよね？」

「……ああ」

残酷なことを言う男だ。仁菜さんの幻影でも探しにいけと言うのか。

不機嫌さを隠しもせず彼を睨むと、彼は「行ってらっしゃいませ」と穏やかに笑った。

夕食時の水族館は、案の定カップルのデートする姿が多く見られた。

三つ揃えのスーツに身を包みひとりでやってきた二十代後半の男など、どこか浮いていて滑稽な気がしたが、世界自然遺産の海を再現した大水槽を前にしては、他人の目などもはやどうでもよくなった。

幻想的にライトアップされている二層吹き抜けのパノラマ水槽の中を、シロワニが悠々と泳いでいる。

ふと、純粋な少女みたいに水槽を眺める仁菜さんの横顔を思い出す。

水槽のやわらかな光がきらきらと輪郭をなぞり、彼女の瞳には青い世界が映る。

その一瞬だけでも仁菜さんを自分のものにしておきたくて、彼女の言葉を遮るようにして、つい唇を重ねてしまったんだったか。

静かに重ねた唇をゆっくりと離すと、『ま、真尋さんっ』と仁菜さんが俺の胸を叩く。

『だ、大水槽の逆光に隠れてキスするなんて……！　学生同士の恋人みたいで恥ずかしいです……っ』

『皆水槽に夢中で、俺たちのことなんて見てませんよ』

『そういう問題じゃない……！　ううう、恥ずかしすぎて死にそう……！　ほら、もう行きましょうっ』

『あと少しだけ。……ね？』

彼女の幻影が、赤くなったままむくれる。

「わっ！　シロワニ来たぁ！」

幼い子供のはしゃぐ声がする。

俺の目の前を悠々と通り過ぎたシロワニの水泡に、仁菜さんの幻影が消えた。

――この先も一生、俺は彼女へ『愛してる』と伝えることはできないだろう。

いつだって、大切なものは俺の目の前から消えてしまう運命なのだ。彼女を将来ひどく傷つけて失うことになるのだから、彼女に手を伸ばすべきではない。

だが、この激しく燃え上がる恋情に終止符を打つ必要もないのだと、俺はシロワニの姿を眺めながら思った。

十年以上、仁菜さんに恋い焦がれてきたこれまでの人生と、もう二度と仁菜さんに触れられないこれから先の人生の状況は――……なんら変わらないのだから。

九章　秘密の出産をする決意

数日後。仕事をお休みした私は、真尋さんのお祖父さまと過ごした大学病院の産婦人科へ行くことにした。

ひと通り検査を終えてから、デスクの前に用意されていた椅子に腰掛ける。

年配の女性医師はカルテになにかを書き込んでから、頷きながらこちらを見て柔和な表情を浮かべた。

「ご懐妊ですよ」

そう告げた優しい声音に『おめでとうございます』と続かないのは、私が不安と緊張のあまり、膝の上でぎゅっと握った硬い拳のせいだろうか。

女性医師は祝福も非難もせず、私を包み込むような穏やかな声で説明をしていく。

「先ほどの超音波検査で見えたお腹の中の映像を、モニターでもう一度見てみましょうね」

映し出された映像はよくわからないものだったが、医師が説明を加えながらペンで丸印を書き込む。

「正常妊娠ですよ。ここに胎嚢があって心拍が……ふたつ、確認できますね。膜性診断の結果では、一絨毛膜二羊膜双胎かな？　羊膜はそれぞれ持っているけれど、ひとつの胎盤を分け合って成長する双子です」

「え、あっ……ふ、たご……？」

「そう、双子さん。頭がここで、足先がこのあたり」

私は思わず、ぺたんこのお腹の上に両手を当てる。

お腹の中の命の存在を強く感じ取った途端、なぜだか感動で心が震えて、頬を熱い涙が伝った。

「そっか、双子なんですね……っ」

離婚したのに妊娠して、赤ちゃんをひとり授かったという事実だけでも、責任感に押し潰されそうだったのに、双子って……！

ふふふっ、そんなことある？　びっくりしちゃうなあ、もう。

指先で涙を拭う私の胸中には、ひっきりなしに込みあげてくるこの上ない喜びと感動だけが広がっていく。

ひとりきりでも——この子たちを産んで、育てたい。

いつの間にか不安や緊張が消えて、真尋さんとのお赤ちゃんを授かれたことへの幸福感と、お母さんになる嬉しさで満ち溢れていた。

「ううっ、すみません。嬉しいと感じたら、なんだか、涙が全然止まらなくて」

「うんうん。安心したかな？　大丈夫ですよ。おめでとう、お母さん」

女性医師は柔和な目元をさらに和らげて、私の肩を労わるように撫でた。

……そっか。私、もうお母さんかぁ。

不器用なところも大好きで、たまらないくらい愛おしくて……。人生をかけて一緒にいたかった唯一の男性《ひと》。

そんな真尋さんとの赤ちゃんを、私……身ごもったんだなぁ……っ。

この小さな命たちを〝宝物〟と呼ばずして、いったいなんと呼ぶのだろう……！

この日。

モルディブでの甘い一夜で奇跡的に真尋さんの赤ちゃんを宿していた私は、――秘密の出産をする決意をした。

それから母子手帳をもらい、一ヶ月。検診は順調だった。

母にもきちんと話をした。だけど真尋さんとの契約結婚が離婚前提だったことは話していない。

離婚したけれど彼の子を妊娠していたという事実と、跡継ぎとなる子供を望んでいなかった彼には秘密で出産をするという決意だけだ。

母子手帳の表紙に記された二段の保護者の氏名欄には、一段目に【広院仁菜】と記されているが、二段目は空白のまま、一生埋まることはない。

これから産まれてくる赤ちゃんたちに、父親という存在を教えてあげられないことに、罪悪感を抱いてしまうけれど……。

ただ、『ふたりのパパは、ママの大好きな人だったんだよ』って、『大好きなパパと、ママの間に、ふたりで産まれてきてくれてありがとう！』と伝えたい。

「それがニーナの選んだ道なら、ママはいつだって応援するわ。今度は、ママがニーナを助ける番」

亜麻色をしたウェーブパーマのロングヘアを耳にかけ、外国人風の派手なお化粧をしてバッチリとパンツスーツを着こなした母は、「こういう時こそママに任せなさぁい」とおちゃらけながら拳で胸を叩いた。

「真尋くんのサポートもあって、ママのブランドもラスベガスで好調なスタートを切ったの。売り上げも順調に伸びてるし、五億円が返せるのもすぐだわ。このままいったら……そうねぇ、あと半年くらいかしら？」

「ええっ、それはすごい」

「ニーナとの結婚を条件にって、借金を肩代わりしたりしてもらったけど、こう見えてちゃんと返済しようと思ってるのよ？」

「大丈夫！　そう見えてお母さんがやる時はやる人だって、私も知ってるから」

ふふふ、と母娘ふたりで笑い合う。

「たくさん迷惑をかけてごめんね、ニーナ。本当はね、あんな強引な提案……真尋くん以外だったら、ママも受け入れてないわ。ちゃんと腹をくくって破産申請するはずだった。だけど、ふたりには幸せになってほしかったの。……お節介だったわね」

「ううん。最初は突拍子もない始まりだったけど、真尋さんとの結婚生活は楽しかったし……幸せだったよ」

「そう……」

母は優しい微笑みを浮かべて、私を抱きしめる。

「これからも、う～～んと幸せになりましょう、ニーナ！　ベイビーちゃんたちも！」

「うん！」

広院家は、きっと、もっと、賑やかになる。

日本橋にある鶴峰百貨店でのポップアップショップ出店まであと二週間となった頃、担当の高坂さんから連絡がきた。

「四季折々の厳選商品を鶴峰百貨店の腕利きバイヤーたちがご提案する冊子があるのですが、今回そちらの方にも『Atelier Nina』さんのポップアップショップに関するご案内を掲載していたんです。そしたら外商を通して結構なお問い合わせがあって！」

「おお～っ」

鶴峰百貨店本館にあるＶＩＰラウンジに招かれ、ラウンジスタッフの方が出してくれた紅茶とお菓子を前に談笑する。

このラウンジは外商のお客様専用で、一般人は入室できない。無料でドリンクと茶菓子がサーブされ、外商担当者がお客様の御用聞きにくる。

さらにＶＩＰの方になると、最奥にある特別室に案内されるそうだ。

特別室にはそのお客様だけのために集められた鶴峰百貨店の商品が並び、一日から数日間貸し切りで時間を気にせずに好きなだけお買い物ができるという。

そして通常このラウンジに設けられたスペースは、鶴峰百貨店に入っている画商や、高級プリザーブドフラワー専門店の季節商品などが展示販売されている。

それがなんと、期間中はちょうど空いているそう。

「外商担当者と打ち合わせたんですが、期間限定ショップを展開中にこのラウンジでも作品の展示を行っていきたいと思っています」

高坂さんが、「どうでしょうか？」と私に問う。

資料にはラウンジの展示スペースに私の作品が並べられた、水彩画風の手書きイメージ図が添付されている。

資料に目を通し終え、「ぜひよろしくお願いします！」と私は頭を下げた。

それから三十分くらいで打ち合わせを終えて、「ごちそうさまでした」と挨拶をしてから席を立つ。

そして、ラウンジを出ようとした時。

「仁菜さん……？」

聞き慣れた、けれど随分と長く聞いていなかった低い声が私の名前を呼ぶ。

そこには、長身に三つ揃えのスーツを隙なく着こなした美しい青年、『Croix《クロワ》 du《デュ》 Sud《シュッド》』の代表取締役として冷徹な顔をした真尋さんがいた。

その隣で、何度か顔を合わせたことのある男性秘書の宮藤さんが頭を下げる。

「え、あ……、真尋、さん……！　おおお久しぶりです……っ！」

ま、まさか、こんなところで、心の準備もなく突然再会するなんて……！

緊張と羞恥心と悲しみが一気に押し寄せてきて、胸が締め付けられる。

どういう反応をするのが正解かわからない。

多少ぎこちなくなったが、一緒に暮らしていた時のように元気に明るく名前を呼び返すと、無表情だった真尋さんの目が見開かれてわずかにほころぶ。

秘書の方もいるし、真尋さんは鶴峰百貨店に入ってる『Croix du Sud』店舗の視察帰りかな？

頭ではそんなことを考えながら、これ以上なんと声をかけていいのかどぎまぎする。

『君がこうして俺に抱かれたことを、どうか、忘れないでほしい』

そう告げた縋るような切実な声が、私の脳裏に蘇った。

甘く切なく心が疼き、私は無意識にそっとお腹の上に手のひらを当てる。

「まさかここで会えるなんて思ってもみなかったな。仕事の打ち合わせですか？」

「えっと、はい。そうなんです。鶴峰百貨店で七月に、『Atelier Nina』の期間限定のポップアップショップをしていただけることになって」

「そうなんですか」

目元を細めた真尋さんの瞳は、穏やかな浅瀬の海みたいに凪いでいる。どこまでも静かで、優しく、終わってしまった眩しい日々の大切な時間を懐古していた。

まるで……あの一夜のことなんか、忘れてしまったみたいに。

一緒に過ごしていた時に浮かべていた『家族』に対する愛おしげな視線も、私を抱いていた時に見せた熱を孕んだ視線も……。全部、私をヒロインにさせたまぼろしが、私にそう思い込ませただけだったのだろうか？

だけど。秘書の方や、ここにいる周囲の人間へ彼が見せる色のない冷酷な視線とは、また違っていることに、少しだけ特別感を抱いてしまって……。胸が、淡くときめく。

いやいやいや！　離婚したんだから、そんな自意識過剰な想い抱いちゃダメでしょう！

私は心の中でぶんぶん首を横に振って、へらりと笑みを浮かべた。

これはどう見ても、結婚期間やあの一夜の出来事を綺麗な思い出に昇華されているやつだ。

……私の方は、真尋さんと過ごした時間を、ただの思い出になんかできそうにないのに。

すると真尋さんが長い脚を捌いて、私との距離を二歩詰める。

他人同士ではありえない、恋人や夫婦の距離感。

わわわ、なにっ⁉

たまらなく愛している人との、久々のその距離に、私の心臓がきゅんと音を立ててドキドキし始める。

彼は心配そうな顔をして眉根を寄せる。そっと伸ばされた彼の手が私の頭に触れた。遠慮がちに撫でるように、滑らされて、彼の親指の腹が優しく私の目元をなぞる。

「少し、痩せましたか？　それに顔色があまりよくないな。……眠れていないのか？」

私の胸を焦がす、低く優しい声音。

しかし彼の表情はどこか戸惑っていて、かすかに怯えているような……まるで悪魔が決して触れることの許されない聖女に触れる禁忌をおかしてしまった……そんな顔をしていた。

「あはは、そうなんですよね。お恥ずかしながらこんなに忙しいのは初めてで」

「去年の十一月よりも忙しいのか？」

「はい。やっぱりアトリエでお客様をお出迎えするのとポップアップショップは、勝手が違うっていうのもありますが……。いつもは月々に決まった数量のオーダーしか受け付けていないのを、それにプラスして陳列用の商品も制作しなくちゃいけないので」

四月にオファーを受けてから、出店場所の選定、見積もりと支払い、その後の打ち合わせなどなど、ポップアップショップ開催まで約二ヶ月の準備期間が設けられている。

だがそれと同時に、昨年から『誕生日は○月○日で』とオーダーを受けている子もたくさんいる。

そのため十一月の繁忙期が目じゃないくらい、てんてこ舞いの毎日だ。

それに加えて、つわりも結構重くて……。

私は秘密の赤ちゃんが彼にバレないように、マタニティマークのキーホルダーが付いているカバンを自然な動作で背後に隠す。

「君は無理をしすぎるところがある。あの時だって風邪をひいているのに、全然甘えてくれなくて」

「そその節はありがとうございました！」

私は風邪をひいて彼に甘々な看病をしてもらった日の出来事を思い出して、「こ、こんなところで言わないでくださいっ」と慌てて顔を真っ赤にする。

「というか、十分甘えてましたよ!? それに真尋さんだって結局風邪をひいて――！」

彼から甘やかし看病係に任命された後、それはもう、新婚夫婦みたいにたっぷり甘々な看病をすることになって。

熱を出している真尋さんよりも、私の方が顔を真っ赤にしてたんだっけ。

「ううう、恥ずかしいです。もう忘れてください」

「忘れたりしません」

真尋さんは遠い大切な記憶を慈しむみたいに、眩しそうに、やわらかく目を細める。

「仁菜さん。なにかあったら、……いや、なにかなくても連絡してくれて構いませんので」

「いえ、そんな。できるだけ、連絡しないようには努力しますのでっ！」

「……そうですか」

ねえ、真尋さん。……どうしてそんなに、傷ついたような顔をしているの？

まだ私のこと、家族だって思ってくれてるの？

もうとっくの昔に離婚したのに、優しくしてくれるなんて……。ずるい。

真尋さんへの愛おしさが溢れてきて、手を伸ばしたくなる。

……でも、それだけは許されない、ことだから。

大好きな彼だからこそ、嫌われたくない。失望、されたくない。

思い出の中だけでも、ずっと──『家族』というひとときを過ごした女性《ひと》であり続けたい。

新しい道を踏み出した彼の新たな負担にならないよう、秘密の妊娠は絶対にバレないようにしなくちゃ。

「はい。それでは、また」

私は踵を返して、ラウンジの外へ出る。

そこまで見送りについてきてくれた彼に、『また』なんて、一生来ないのだろうなと思いながら、私は彼の姿を目に焼き付けるように手を振った。


夏を感じさせる蒸し暑さと梅雨に悩まされる六月末。

離婚してから約三ヶ月が経ち、妊娠も十五週目に入った。

妊娠初期ということで、今日は一ヶ月に一度の頻度で行われている妊婦健診に来ている。

お腹の上にゼリーを塗ってから超音波検査が始まり、映像がモニターに映し出されると、双子ちゃんがふたりでバンザイをしているような姿が確認できる。

初めての検査以来、私の担当医となった柔和な表情がチャーミングな女性医師は、「仲良しで元気ですね」と口元をほころばせる。

現在、双子ちゃんはすくすく順調に育っているとのことだ。

「顔色があまりよくないみたいだけど、つわりはどんな感じ？　まだ落ち着かない？」

「最近はだんだん落ち着いてきていて……食欲も少し出てきました」

明日はちょうど、仲良しの女友達三人で久々に夕食に行く約束をしている。

「それなら少し安心ね。もしこれ以上体重が減るようなことがあれば、点滴をしなくちゃいけないから、食べられそうなものを食べて体力をつけないと」

先生は「検査は異常なしだから、睡眠不足と疲労が大きいのかもしれないね」と頷く。

「まず、双子ちゃんの妊娠には『バニシングツイン』という現象が発症する可能性があると、以前お話ししたのは覚えてるかな？」

「はい。妊娠六週目から八週目くらいで起きる可能性があるから、と」

『バニシングツイン』というのは、妊娠初期のうちにお腹の中で双子のうちどちらかが亡くなってしまって、子宮に吸収されて消えてしまう現象だ。

悲しいことだけれど、その予防法は現代医学をもってしてもなくて……。

「妊娠中期に入っても、稀に起きることがあるの。だから八週目を過ぎたからと油断せず、体調を整えていきましょうか」

私は目を見開いて、お腹に手を当てる。

妊娠二十一週目までは流産に気をつけて、とにかく安静にしておく必要があるのだそうだ。

「それから、お腹の中でふたつの命が同時に育っていくから、これからはお腹が大きくなるのも早くなりますよ」

「そうなんですね……」

「双子ちゃんは早産の傾向にあるけれど、命に関わるような早産ではないので安心してくださいね。出産予定日はあくまで目安ですからね」

「わかりました」

「それじゃあ、今度はまた四週間後に来てください」

「はい。ありがとうございました」

先生と看護師さんにお辞儀して、荷物をまとめて退出する。

双子ちゃんの出産予定日は十二月二十四日。

それは奇しくも、真尋さんのお祖父さまが亡くなった日だった。

「……なんだか、不思議だな」

実家に帰宅してからカバンを下ろし、膨らみ始めたお腹を撫でる。

色々気をつけることはあるけれど、とにかく安静が一番みたいだ。

鶴峰百貨店の期間限定ポップアップショップを来週の水曜日に控えている現在、ようやく様々な準備が落ち着いて、一息入れることができる。

「とりあえず、明日からの土日はゆっくり過ごそう」

私は母子手帳とエコー写真を眺めてから、「ふたりとも元気に育ってね」とお腹の中に声をかけた。


翌日、私は仕事のない久しぶりの休日を満喫していた。

女学院高校時代に仲よくなった親友、絵衣未《えいみ》と唄《うた》に誘われていたので、お昼過ぎからゆっくりと落ち合う。

おしゃれなカフェでまずは近況報告会。それから盛り上がってきたところで、「そういえば聞いて！」と食い気味な前置きから、社会人として忙しく働くふたりの愚痴が炸裂。

十八時になると今度は場所を移して、こぢんまりとした創作イタリアンのお店に来ていた。

照明が少し落とされた空間で、ジャズギターの音楽がゆったりと流れていて、落ち着いた雰囲気がある。

イタリア人の男性店主がひとりで料理を提供するため、店内はそれほど広くなく座席は全部で十席。カップルのデート向きというよりは、気の置けない友人とのご飯や、夫婦で気軽にイタリアンという感じ。

周囲には私たちみたいに女同士でお喋りに花を咲かせながら食事をしているテーブルと、赤ワインを飲みながらじっくりと料理を味わっている年配のご夫婦のテーブルがある。

予約していた席でそれぞれの料理を決め、飲み物が運ばれてきた時。

絵衣未と唄は顔を合わせると、「せーのっ、『ニーナ、鶴峰百貨店出店おめでとぉぉ！』」とアルコールが入ったグラスを掲げた。

「今夜はニーナの出店祝いだよ！」

「わああ、ありがとう！」

私はふたりのグラスに、ノンアルコールのカクテルが入ったグラスを軽く合わせる。

「ここのお店すんごく美味しいんだって！　うちのお姉ちゃんのおすすめでね、今日絶対紹介しようって思って連れてきた」

「ニーナの大好きなキッシュが、めちゃめちゃ美味しいらしいよ。ちなみに、数量限定品だったので予約済みである。我にぬかりなし」

まずは絵衣未が喋り出し、唄が得意げに胸を張る。

「う、ううっ。絵衣未も唄もありがとう……っ」

お昼過ぎからカフェで色々喋ってはいたが、連絡は頻繁に取り合っていても久々に会ったせいで、私はなんだかエンジンがかかりそびれたみたいに気後れしていた。

だけど、高校時代の気心知れたノリのこの雰囲気に、私の涙腺はとうとう崩壊した。

「ど、どした!?　ほら、よーしよしよし」

「だいじょぶ、だいじょぶ。なんでも話聞くよ」

「ううう、では聞いてください……っ。広院仁菜で、『離婚前夜に御曹司の赤ちゃんを身ごもりました。だけど幸せなので秘密の出産しようと思います』」

ふたりの甘やかしっぷりについ本音を吐露したくなって、ハンカチで涙を拭きながら、できるだけ今日の会の雰囲気を壊さないように、漫画や小説のタイトル風に明るく取り繕って言う。

「なんて??」

「少女漫画かな??　ヒロインだけに」

するとふたりは真顔でツッコミを入れてくれた。

それから美味しい料理を食べながら、私は母の借金騒動から始まった結婚と、互いのことを思って時期を早めた離婚、そして最後の一夜で妊娠していた……というこれまでの経緯を話す。

店主さんはもちろんのこと、お客さんたちも各々の会話に夢中でこちらの話なんて聞こえていないかもしれないが、万が一のこともあるので、四条家や真尋さんの名前、それからブランド名や後継者争いの話題などは一切出さない。

昨年の八月の時点でメッセージでやりとりをしていた際に、離婚予定は一年後という話をあらかじめしていたせいか、ふたりはどよめきながらも真剣に聞いてくれた。

「え……っ、やばい。めっちゃ頑張ったじゃんニーナぁぁ」

「なにか手伝えることあったらなんでも言ってね！　うちもお姉ちゃんが三人目妊娠中だから、サポートできることあるかもだし。小さい子の面倒見るの得意だからさ」

隣に座っていた絵衣未からぎゅうううとハグされる。

唄からは「食べれるものだけたくさん食べな。好きなものあったら言って」と励まされた。

そうして相談と談笑をしながら過ごし、十九時半を回った頃。

「う……。ごめん、なんだか体調、悪くなってきたかも……」

ちょうど今自覚したところだけど、十秒、一分ごとにどんどん悪化している感じがする。

「大丈夫？　今日はもうこれでお開きにしよっか」

「私、駅の方向一緒だし家まで送る。ニーナ、歩けそう？　それともタクシー呼ぶ？」

随分治ってきていたつわりの症状と似ている状況に、私は最初の問いかけに首を横に振り、後者の問いかけに青くなっているだろう顔で頷く。

どうも、駅まで歩けそうにない。

「じゃあタクシーと会計っ」

唄がスマホを片手に立ち上がった時、お店の入り口扉についていたベルが、カランカランと来客の音を響かせた。

反射的に視線を向けると、見知った顔をした銀髪の青年が入ってきて、私は驚きに目を丸める。

「……あれ？　仁菜ちゃんじゃん」

現『Croix du Sud』の取締役副社長を務める敏腕デザイナー、四条眞秀が、私を見つけて甘く垂れた目を細めてへらりと手を振る。

真尋さんと同じくらいの長身に、彼自らがデザインしたブランドラインの衣服を身にまとった姿は、さながら韓流人気アイドルだ。

私は思わぬ人物との遭遇に、ごくりと固唾を呑む。

「こんなところで会うなんてなー。今夜は真尋と一緒じゃねぇの？」

「はははははい」

あまりにびっくりして〝は〟が多くなってしまった。

眞秀さんと会うのは、四条家であった法事の際に、真尋さんと喋っているのを見かけて以来だ。

あの頃はまだ真尋さんと眞秀さんは後継者争いの真っ只中だったので、煽り合いでバチバチしていて、とてもじゃないが会話に口を挟めなかったのを覚えている。

それにしても、真尋さん……。

結婚した時みたいに、また眞秀さんには離婚したこと伝えてないんですね……。

どうやら後継者争いが終わった今も、従兄弟同士の仲は険悪みたいだ。

すると、先ほどまで慌てていた絵衣未と唄が、「ちょっと」「ニーナっ」とこそこそと沸き立った。

「え、めっちゃかっこいいけど、誰？　知り合い？」

隣に座っていた絵衣未からひそひそと耳打ちされて、私は居心地が悪い気持ちで

「義理のお兄さん。……元」と返す。

体調不良のせいもあり、最後はほとんど空気に溶けるみたいに小さくなった。

「ええっ!?」

絵衣未と唄の驚きの声が重なる。

眞秀さんは「どうも～」と愛想よく笑みを浮かべた。

それに対して、絵衣未と唄が「きゃぁああ」と黄色い悲鳴をあげる。

な、なんということでしょう。どう見ても絵面が、人気アイドルからファンサを受けたファンみたいになってる……。

うぷっ、と吐き気まで催してきた口元を押さえながら、私は呆れた視線を今日一番の盛り上がりを見せている親友ふたりに投げかける。

一方、眞秀さんの方は人気アイドルみたいな扱いには慣れきっているらしく、余裕そうな表情で、さも当然のように受け入れていた。

そんな彼がふとこちらを見つめ、途端に真面目な顔をする。

「……もしかして仁菜ちゃん、体調悪い？」

「え？　いや、えっと……」

どうしてわかったんだろう？

他人の機敏に疎そう、上から目線、態度がでかい、真尋さんのライバル……眞秀さんにはそんな印象しか抱いていなかったので、私は虚をつかれた。

しかし絵衣未と唄は、私の心情など知らぬふりでぶんぶんと勢いよく頷いて肯定を示す。

「そうなんです！　ニーナ、さっきから体調が悪くなってきてててっ」

「今から帰ろうかなって思ってたとこなんです！　でもニーナ、歩けなさそうでっ」

親友たちの態度からは、『ここで会ったが百年目。ニーナの元夫の血縁に連なるこいつを逃がすべからず』という闘志が見え隠れしている。

どうやら真尋さんの家族と私の仲を取り持ち、真尋さんと話し合うきっかけになれば……と思っているようだ。

でも眞秀さんは、そんな面倒なことはしないタイプだと思う……！

むしろ逆に、あらゆる角度から真尋さんをいじめそうだ。いじめ、ダメ、ぜったい。

私は「大丈夫です、もう帰るところなので」と、不審に思われないようにできるだけ笑顔を作った。だが、しかし。

「ふーん。じゃあ送ってく。俺、車で来てるから」

「えっ」

眞秀さんは私の予想に反して、なんと『送ってく』などと言い出した。

私は真っ青になっているだろう顔で、『遠慮します』の気持ちを表すために胸の前で手を振る。

「い、いえ、いいです、大丈夫です。今来たところなのに」

「いや、そんなの別に関係ねぇし。ちょっと待っとけ」

そう言うと、眞秀さんは店主がいるキッチンへ向かって歩いていく。

「アロンツォ、また来る。あのテーブルの会計、このカードで払っといて」

「オーケー。また食べに来いよ、マシュー」

眞秀さんとイタリア人の男性店主が気さくなやりとりをする。

どうやらふたりは知り合いらしい。

こぢんまりとした店内で、元気な声音で気さくなやりとりを繰り広げる青年ふたりの会話はテーブル席まで筒抜けで、私たち三人は目を見合わせた。

驚きと申し訳なさを抱いている私とは反対に、親友ふたりの目はきらきらと輝いている。

「んじゃ、行くかー」

「ニーナのお義兄さん、ごちそうさまです！」

「ニーナのことよろしくお願いします！」

親友ふたりはきらきらした顔で眞秀さんに会計のお礼を告げて、私を託した。

「眞秀さん、ごちそうさまでした。色々とお気遣いありがとうございます、でも」

「いいから。乗ってけ」

私の荷物を勝手に持った眞秀さんが、お店の扉から出ていく。

「グッドラック」

「幸運を祈る」

ふたりしてにこやかに親指を立てた絵衣未と唄へ、私は「ありがとう」と返して、眞秀さんを追いかけた。

十章　拗らせた初恋

お店の外にあった駐車場に停めてあったのは、真尋さんの愛車とは違うタイプのドイツ製高級スポーツセダンだった。

違うタイプというのは、たとえば真尋さんの美しさは黒を想起する悪魔的で静かなものであるのに対して、眞秀さんの格好よさは獅子を想起する獰猛そうな感じとでもいうのだろうか。そんなイメージに沿った真っ白なボディの車が、夏の夜の路地裏となんともミスマッチだ。

助手席のドアを開け閉めしてくれたりと、想像と違う眞秀さんの態度に若干戸惑うけれど体調不良が進んでいる今、そんなことは細事だ。

「えーっと。どこだったっけ、真尋の家。東京都港区……」

「あ、違います。住所はそこじゃなくて」

運転席に乗り込んだ眞秀さんが、カーナビに真尋さんの家の住所を入力しようとするのを横から止めて、私は実家である広院家の住所を伝える。

「あー、うん、八丁目三の五……」

《ルート案内を開始します》

眞秀さんは復唱してくれながら我が家の住所を入力し、車を発進させる。

それから五分くらい経った時、「は？　なんで？」と彼は突然我に返ったみたいに首を傾げた。

「引っ越し？　一軒家建てたとか？」

彼は前を見据えながら、「俺だって新築祝いくらいすんのに」と拗ねた様子で唇を尖らせる。

私は車窓に視線を向けてから、「違うんです」と小さく返す。

「えっと、ですね。真尋さんとは、離婚したんです」

「は？　なんで？」

それは心の底から本当に驚いている声だった。

彼は息を吸い込み、罪悪感の滲んだ声を潜めて言う。

「……もしかして、俺のせい？」

「いえ、お義兄さん――っじゃなくて、眞秀さんのせいでは」

「お義兄さんでいい。むしろお義兄さんって呼べ。じゃなくて、あぁぁもう！　もしかしなくても絶対に俺のせいだ。……悪かったな」

がしがしと片手でワックスで整えられた銀髪をかいた眞秀さんは、「昔の話していいか？　相槌はいらねぇから」と呟いてから、両手でハンドルを握って前を見据えた。

車のライトに溢れた大通りに出て、先ほどとは車窓の景色が変わる中、眞秀さんは静かに語り出す。

「俺の両親が離婚して、お祖父さまの屋敷に連れてこられた時、俺と真尋は出会った。小学校低学年くらいの時だったか、そんくらいの年齢だ」

その頃の真尋さんは、表情豊かで心優しい元気な少年だったらしい。

だが、その円満な家庭で幸せに育ったからこその、外敵など知らない素直で和やかな性格が、眞秀さんには鼻についた。

「自分が両親に捨てられたと思っていた時期に、孫として随分可愛がられている真尋に会って……俺は相当な嫉妬と競争心を抱いた」

祖父母に庇護された新しい家庭は眩しくて。

今度こそ家族の愛を独り占めしたかった眞秀さんは、真尋さんを妬んでひどい意地悪や嫌がらせを繰り返したそうだ。

特に真尋さんが大切そうにしているもの、『大切だから返して』と主張したものを、片っ端からズタズタにして捨てたらしい。

鬼の所業だ。

「決定的だったのは、お祖母さまが死んだ時だった。俺は真尋に、『お前の授業参観のせいで、お祖母さまは病院へ行くのが遅れて死んだ』って言っちまった。孫たちに隠していた病気が、その日たまたま悪化しただけだったのに」

「え、そんな……」

真尋さんからは聞いていなかった過去のエピソードに、私は言葉を失う。

その眞秀さんの言葉は、幼い真尋さんには衝撃的な……鋭い刃みたいな言葉だったに違いない。

「幼かった俺は、悲しみを怒りで表情するすべしか知らなかった。だから『お前がお祖母さまを大切にしたのが悪い』『お祖母さまはお前を哀れんで、〝大切にしているものは、絶対に返ってくる〟〝どんな形になっても巡り巡って返ってくる〟って教えるために、わざわざ体調不良をおして授業参観に行ったんだ』って。――真尋の大切なものがなくなったのは、俺が取り上げてズタズタにしたからだったのにな」

その話から想像するに、お祖母さまは真尋さんと眞秀さんの確執を知っていたのだろう。お祖母さまは止めようとしていたけれど、癇癪持ちだった眞秀さんが止まらなかったのかもしれない。

お祖母さまは幼い真尋さんの心を慰めるために、大切にしているものは巡り巡って、形を変えて返ってくるから大丈夫だと元気づけて……。

眞秀さんに捨てられた大切なものたちが、祖父母からの愛や慈しみとして返ってきているのだと……育ての親として、そう伝えたかったのかもしれない。

「思い返せばその頃から、真尋の顔からごっそり表情が抜け落ちて、無感情な人形みたいになった。それから大切なものが絶対俺に見つからないように、何十万もする金庫を買ったりしてな。たぶん、俺の言葉がトラウマになっちまったんだと思う」

過去の罪の吐露を終えた眞秀さんは、「あぁぁぁぁ」と償いきれない罪を呑み込む。

「お祖父さまが亡くなってから、俺も色々考えさせられたわ。家族ってなんだっけなとか、兄弟ってなんだっけなとか」

後継者争いに敗れ、育ての親であるお祖父さまを失ってから塞ぎ込んだ眞秀さんは、そこで、ようやく――お祖父さまの気持ちを知ったそうだ。

『次期代表デザイナーは自分自身の〝大切なもの〟を正しく理解し得た者に任命する』

そう告げられた言葉に隠された、本当の意味を。

「遺書でも印鑑でもないんだよなぁ、大切なものって。俺にとっての本当に大切なものは……〝真尋〟。たったひとりの、従兄弟で弟」

つまり、『家族』のことだったのだと。

それに気がついてからは、真尋さんに強烈なトラウマを作ってしまった罪悪感と後悔だけが、ずっと胸を占めているらしい。

お祖父さまの法要ごと四条家に帰るたび、真尋さんに謝る機会をうかがってはいたものの、いつもの調子で煽り合いが始まってしまって……。

「まあ、俺が全部悪いし。許してもらおうなんて思ってねぇ。そもそも許してもらえる罪状じゃないけどな。……どうにかして償いたいとは思ってる」

眞秀さんはそう言って、「仁菜ちゃんのことも、たぶん俺が作ったトラウマ絡みだ」と、ひっそりと夜に溶けるような声で吐露する。

「真尋はさ、『眞秀兄さんに大切なものを傷つけられないためには、大切だと主張しなければいい』って図式を強く感じて、生きてたんだと思う。それからお祖母さまの件でトラウマが拗れるにつれて……『大切な相手を失わないためには、大切な相手に知られてはいけない』って結論に至ってんのかも」

「でもトラウマと私は、なにも関係ない気が……」

「お祖母さまみたいに、自分のせいで傷つけて手遅れにならないようにって思ってんだろ。だから、仁菜ちゃんを手放した」

眞秀さんは言う。

「さっきのバッグ、マタニティマーク付けてんの見た」

「……あ、そ、それは……っ！」

「お腹の中にいるの、真尋の子？」

隠していた最大の秘密が、こんなところでバレるなんて。

思わず、バッと勢いよく眞秀さんを見上げる。

「あいつ、無責任なことするやつじゃねぇから。絶対、仁菜ちゃんのこと心の底から愛してるんだと思う」

眞秀さんはハンドルを握ってこちらを見ないまま、場の空気を明るくするみたいな調子で告げた。

「そ、れなら……本当に、真尋さんは過去のトラウマから……。私に大切だという気持ちが伝わらないよう、遠ざけたんでしょうか……？」

「じゃなかったら、仁菜ちゃんのこと抱いたりしない。真尋さ、ああ見えて童貞だから」

「……え？」

ど、……なんだって？

あんなにキスが気持ちよくて、セックスもありえないくらい上手だった絶倫黒髪美青年が、ど、どう……っ!?

「いやぁウケるわ。十年以上も初恋拗らせてるから、その子以外には勃たないんだと。俺が言うのもなんだけど、トラウマにすべての情感を抑圧されてたせいで、執着と独占欲が振りきってるよなぁ。仁菜ちゃんもそう思わねー？」

眞秀さんがケラケラと笑う。

ええぇ？　真尋さんってトラウマだけじゃなくて初恋も十年以上抱えてて、その相手以外には、その、ときめいたりドキドキしたりしなくて、しゅっ、執着心と独占欲も振りきってるの!?

体調不良が一瞬でどっかにいってしまうくらいの衝撃だった。

「というか、初恋を拗らせてるって――」

「だから、仁菜ちゃんだろ？」

「……ん？」

「あ？　あ～～。……今の無しで。仁菜ちゃんはなにも聞かなかった」

「あっ、ハイ」

頷いて、見慣れた住宅地に入った車窓に視線を向ける。

だって、眞秀さんの言葉から察するなら、拗らせた初恋の相手がもしかしなくても私だということで……？

でも、もし。眞秀さんの話が本当だとしたら……。

私にとって、どんなに嬉しい事実だろう……。

ふと脳裏に、『いなくならないで』と子供のように不安げに寝言を呟きながら私を抱きしめていた真尋さんの姿が浮かんだ。

それから、最後の夜の――。

『君がこうして俺に抱かれたことを、どうか、忘れないでほしい』

彼はその言葉を、どんな気持ちで口にしていたのだろう？

あの熱帯夜のシーツの海の中で、私たちは、互いに秘めた恋心を隠していたのだとしたら――。

ぽろぽろと涙がこぼれる。

「真尋さんに、会いたいなぁ」

とめどなく熱い涙が溢れて、止められない。

それを横目で一瞥した眞秀さんは、一瞬狼狽えると「あー泣くな泣くな」と煩わしそうに言いつつも、私を慰めるように片手でわしゃわしゃと頭を撫でてきた。

「色々あったけど、俺にとって真尋は大切な家族だ。今さらどのツラ下げてって感じだし、謝れる機会は一生ないかもしんねぇけど……今は兄として真尋が大事。それから、俺の新しい義妹《いもうと》の仁菜ちゃんも」

眞秀さんは最後の仕上げというように、ポンポンとリズミカルに頭を優しく叩く。

「……ううっ、ありがとうございます。真尋さんと仲直り、できたらいいですね」

「おう。そっちもな」

「はい」

……なんだか、よかった。

少しだけ、ほっこりした気持ちになる。

そう思えるような、ふんわりとしたあたたかさだ。

車内に流れるラジオの明るさが、心地よくて――。

「うぐっ、やっぱり気持ち悪い……。お義兄さん、吐きそうです。さっき食べたパスタが出そう」

「は、はあ!? ちょっと待て、もうすぐ着く！　だから吐くな、ビニール袋ッ！」

眞秀さんは赤信号で停車した途端、ダッシュボードからビニール袋を取り出して私にしっかりと持たせた。

ちなみに吐かなかった。

眞秀さんに家まで送ってもらったお礼を告げて、無事に帰宅したものの、お風呂に入る元気がまだ出ずに、私はソファにごろんと横になる。

「仲直り……かぁ」

離婚の原因が喧嘩だったら、今すぐに『ごめんなさい』と連絡するのに。

帰宅してからも、真尋さんと過ごした日々を反芻《はんすう》しては、ずっと涙が止まらない。

……初恋ってなに？

……私以外に女の人を抱いたことはないって本当？

……どんな決意で私と結婚して、離婚したの……？

本当なら他人が触れちゃいけない、真尋さんの心のやわらかい部分だ。

それを、眞秀さんからトラウマになっている事柄を聞きました、もしかして私のことが好きですか？　なんて、言えるわけがない。

そんなの心のない人間がすることだ。

「真尋さんの声が聞きたいなぁ」

本当は会いたい。

だけどたぶん今もトラウマが解消されていない彼にとって、私の存在は心の重荷に過ぎないだろう。

だから、単純な世間話とか、そういうのでいい。

ただ、彼の声が聞きたい。

「……なにもなくても連絡していいって、言ってくれてたし、いっそのこと真尋さんに電話してみる、とか？」

「どう思う？」と、お腹の中にいる双子ちゃんたちに問いかける。

「たとえば、そうだなぁ。お久しぶりです、お元気ですか？　最近暑いですね～。日本橋の鶴峰百貨店本館、一階催事場で期間限定ショップが四日後の水曜日から始まります、よかったら見に来てください。とか？」

うーん、まるで営業みたいな電話の内容。

でも、これくらいしか当たり障りのない連絡方法がない。

「迷惑をかけるわけじゃない。赤ちゃんのことを話すつもりもない。だから、連絡してみよう」

スマホを取るか悩んでいた手を、えいやっと伸ばした。

その時。スマホが着信を告げて震える。
画面に表示された名前に、私は息を呑んだ。
――真尋さんだ。
《も、もしもし》
《仁菜さん、突然電話してすみません。その、仁菜さんの体調が悪そうだったと眞秀兄さんからメッセージがきて、声が聞きたくて》
《あ……ありがとうございます。あの、親友たちとご飯に行っていたら、たまたま眞秀さんと会って。体調不良を心配して家まで送ってくださったんです》
《そうですか》
なんだか、浮気がバレた人みたいな、言い訳じみたことを言ってしまった。
でも、事実はちゃんと伝えておいた方がいいよね。
真尋さんの声からは私の体調を心配する気持ちが溢れていて、胸がきゅうっと切なく甘く痛む。
……この様子だと、眞秀さんは真尋さんに赤ちゃんのこと、言わないでくれたんだろうな。
その配慮を、少しありがたく思った。

それからはつらつらと、世間話をした。

今日友人とどこのカフェに行ったとか、夕飯はイタリア人男性がひとりで営業している創作イタリアンだったとか。

すると真尋さんは《アロンツォのお店ですね》と、あのこぢんまりとしたお店のことを知っていた。

なんでも、そこの店主は真尋さんと眞秀さんが高校生の時、交換留学生として四条家にホームステイに来ていたとか。

その時に日本を気に入って、料理人になって帰ってきたそうだ。

《眞秀兄さんとアロンツォは陽気なところが似ていて、こちらが勉強しているのに部屋に来たりして、うるさかった記憶が……》

《あははっ。なんだか目に浮かびます》

眞秀さんとアロンツォさんがちょっかいをかけに来て、それを真尋さんが無表情で撃退する。

ふふふ、とつい笑い声がこぼれる。

真尋さんの声を聞いているだけで、優しく包まれているみたいな気持ちになっていく。

体調も少しずつ、よくなってきた気がした。……安心したからかもしれない。
《真尋さんの声を聞けて、元気が湧いてきました。連絡してくださって、ありがとうございます》
《いえ。俺も仁菜さんの声が聞けて、よかったです》
真尋さんが、沈黙する。
一瞬、なにかを迷うかのような空白が続く。そんな時の真尋さんは決まっていつも、長い睫毛を伏せるのだ。
そんな彼の姿を想像していると、《仁菜さん》と真尋さんが低く掠れた声で苦しげに呟く。
《君に会いたい》
一言、告げられた言葉。
それは切実な想いを孕んでいるみたいだった。
私はきゅうっと喉にせり上がる『好き』という感情を抑え込んで、想像の中で彼の胸に頬を寄せる。
《……私も、真尋さんに会いたいです》
その後は、なにも言葉にならなかった。

お互いに《おやすみなさい》を告げてから、通話を切る。

結局、期間限定ショップのお知らせはしなかった。それは、耳障りのいい彼の声をもっと聞きたいと欲張って、通話が終わってしまいそうな仕事の話題は抜きにしてしまった私のせい。

でも。

「君に会いたいって、言ってもらえた……!」

いつ、どこで会うかなんて、具体的な予定は語り合わない。

今はただ、会いたいと伝え合ったことに意義があると思った。

十一章　愛しているから、幸せにしたい

七月第一週を迎え、いよいよ待ちに待った鶴峰百貨店の特設スペースでの『Atelier Nina』期間限定ポップアップショップが開催された。

思っていたよりもたくさんのお客様が足を止めてくれて、お店の中を覗いてくれる。

オーダーを決めたお客様とは店頭でそのままヒアリングをして、ラフ画を描く。

新しく作った海の生き物シリーズのぬいぐるみたちも、「可愛い」と好評だった。

そうしてあっという間に七日が経ち……。

七月十一日の最終日を迎え、無事に営業終了を迎えようとしていた頃。

「仁菜さん」

後ろから声をかけられて振り返ると、そこには三つ揃えのスーツを着た真尋さんの姿があった。

「真尋さん！　まさか見に来てもらえるなんて」

「どうしても、君の新しい一歩を祝いたくて。初出店お疲れ様でした」

彼は手にしていた赤い薔薇の花束を私に手渡す。

伝えていなかったのに、詳しく日程を調べてくれていたらしい。嬉しくなって、ぶわりと頬が熱を持つ。

「わあ……！　ありがとうございます」

百本はあろうかというその花束を抱えると、ちょっと重たい。

まるでプロポーズ用の花束みたいだなぁと考えて、『違う違う』と脳内でせっせとその妄想を打ち消す。

「こんな大きな花束、生まれて初めていただきました。嬉しいです……っ」

「よかった。少し大きすぎたかと思っていました」

会いたいとは言ったものの、まさかこんなに早く会えるとは思ってもいなかった。

穏やかに凪いだ優しい眼差しが、私の心をひどく揺さぶる。

以前までは、真尋さんに愛されていないかと思っていた。ふたりで過ごした結婚生活も思い出に昇華されていて、あの一夜の熱情もすっかり忘れてしまったんだと思っていた。

だけど。

涙が溢れてくる。

その瞬間、ふと、意識が朦朧としてすっと身体から力が抜けた。

あ、お腹、守らなくちゃ……っ！

「……っ、仁菜さん！」

床に身体が叩きつけられるかと咄嗟に身構えた私を、真尋さんの逞しい腕が抱きとめる。

でも、身体が動かない。

「──救急車を呼んでください！」

真尋さんの声に、売り場が騒然としている。

「大丈夫ですか⁉」

「救急車呼びました！」

がやがやと人の声が聞こえる中、意識が途切れ途切れになる。

救急車のサイレンが聞こえてきて、救急隊員の方々からストレッチャーに乗せられて……。

同乗した真尋さんが、お祖父さまが入院していた大学病院の名前を切羽詰まった様子で感情を露わに救急隊員に伝える最中。

私はなんとか唇を動かし、かかりつけとなった産婦人科と担当医の名前を伝える。

横に座って、私の手を握っていた迷子のような顔をしていた真尋さんが目を見開く。

『そんな、どういうことだ』という顔をしている彼に、私は力なく微笑んだ。

救急隊員の方が、てきぱきと病院へ連絡を取る。

「妊娠されていますか？」

「……っ、は、い」

真尋さんに、聞かれているのに……っ！

だけど、お腹の中の赤ちゃんを守るためにも、重要な質問だ。

私は意識が朦朧として苦しい中、息も絶え絶えに答えた。

「妊婦さんですね。それでは、妊娠何週目かわかりますか？」

「十六週目、です……っ」

「……もしかして、俺の子か？」

息を詰めていた真尋さんが、唖然としながら呟く。

これ以上、あなたに迷惑をかけたくない。だから……気にしないで、ほしい。

そう伝えるためにへらりと笑った時、意識が沈んだ。


目を覚ますと、病院のベッドで眠っていた。

診断の結果、なんと私は、度重なる疲労や心労が重なって倒れたらしい。

担当の女性医師が病室へ説明に来てくれて、「それ以外は母子ともに異常なしよ。お腹の中でなにも起きなくて本当によかったわ」と診断された。

「これからは赤ちゃんのお父さんともよく話し合って、ゆっくりと休むようにね」

「ありがとうございます」

そう返したのは、私の隣でずっと手を握ってくれていたらしい真尋さんだった。

知らないうちに、母子手帳の保護者の欄に名前が増えている。

【四条真尋】

その名前を目にしただけで、私の唇は感動でわなないて。

「これって」

「俺たちの家に帰ってから話しましょう。ここで話していたら、君とキスがしたくなった時に困る」

悪戯っぽく口元を緩めた真尋さんにときめいて、私の両目からはまたとめどなく涙が溢れた。

半日入院を終え、帰りは真尋さんの秘書が病院の駐車場に回してくれていた真尋さんの車に乗って、家に帰った。

実家ではない。真尋さんの家だ。

つい四ヶ月前まで住んでいたその家は……もうすでに懐かしくて、『帰ってきた』という不思議な安心感があった。

「仁菜さんはゆっくり座っていてください。飲み物はコーヒー……は、ダメなんだったな。妊婦ってなにが飲めて、なにが飲めないんだ？」

真尋さんは難しい顔をしながらスマホと睨めっこしているが、どこか嬉しさが隠しきれていない。

「あの、柚子茶でいいですよ。ほら、風邪をひいた時に飲んでいた」

と、言っても主に私が飲んでいただけだ。

真尋さんは甘いものが苦手だそうだから、風邪の時だけしぶしぶ飲んでいた。

もし私がいなかった四ヶ月の間に、彼の私生活が結婚する以前と同じになっていたら、もうコーヒー以外の飲み物が、どこにあるかわからないかもしれないが。

「ああ。……あれはどこにしまったんでしたっけ」

「冷蔵庫の大きな扉を開いて、一番上の棚のところです。他のジャム類と一緒に置いてあって……」

「これか」

何気ない会話が、面映ゆい。

またこんな風に日常生活の中で自然な会話が、真尋さんとできるなんて思ってもみなかった。

ソファに座って、背もたれに背中を預けて……。

ふと、いつも私が座っていた場所に、ぽつねんと座るうさぎのぬいぐるみを見つける。

「……あれ？」

鮮烈な既視感にドキドキと、期待で心臓が高鳴る。

手に取ってみて、興奮でいてもたってもいられない気持ちになった。

テーラーメイドと言って差し支えない、良質なジャケット生地の、パッチワーク。右足には仁菜の頭文字である〝N〟の刺繍。お土産店で購入した、髪飾り用の紺色のリボン。

「──これって」

十三年前、私がハワイで作った───！

頭の中で、バラバラに散らばっていたパズルのすべてのピースが、カチリとはまる。

まさか、まさか真尋さんが……幼い頃に淡い恋心を寄せていた〝お兄ちゃん〟の正体だったなんて──っ。

それじゃあ、もし、眞秀さんの話が本当だったとしたら……――真尋さんも、この時から私のことが好きってこと……？

母がことあるごとに、親友の麗香おばさまに写真を送っていたのを思い出す。もしかするとだけれど、母たちはなんとなく子供同士の初恋に気がついていて、こっそり応援していたのかもしれない。

大々的に応援しなかったのは、やっぱり四条家の親子関係があるからだろうか。

……いやいや、おおっぴらに母親たちから応援されても、思春期の私たちは恥ずかしいだけか。

だからその距離感で、全部、よかったのだと思う。

だけど、そうか。それでお母さんは……。

柚子茶の入ったマグカップをふたつ、真尋さんが運んでくる。

隣に腰掛けた彼に見せるように、私は両手でうさぎのぬいぐるみを掲げた。

「あの時の……。ずっと、大切にしてくれてたんですね」

「……ああ。あの日からずっと、俺の心の支えだった。――もう隠しておく必要もないな」

真尋さんは眩しい光を見つめるみたいに、目を細める。

それから苦しげに眉根を寄せ、胸が張り裂けそうな痛みを我慢しているような顔をして、突然、彼の両腕の中に私を引き寄せた。

「離婚当日は、君をスイートルームに置き去りにして悪かった」

ぎゅうっと、抱きしめられる。

「君がこれから歩むはずだった幸せな人生を、大切だと思うからこそ、俺は君と離婚すべきだと思っていたのに――。あの日、君の寝顔を見ていたら出発時刻が迫ってきて。言葉を交わしたら、君を離せなくなると感じて怖くなった」

「そう、だったんですね。……でもあれって、とっても寂しかったんですよ？　心臓に悪いです」

久々に感じる彼のぬくもり。

私も、そっと身を委ねる。

「……寂しくさせてすみません」

「置き去りにするなんてこと、もうしないでくださいね？」

「ああ。……もうしない」

私を抱きしめる彼の腕に力がこもる。

もう離さない。そう言外に伝えられているみたいで、安心した。

それから私は、ゆっくりと真尋さんの話を聞いた。

離婚してから数日、真尋さんは私への未練と後悔でなにも手がつかなかったらしい。

私への恋情を断ち切るために、過剰に仕事に打ち込んで。食事も以前のように適当になって、私生活もどんどん荒れていったそうだ。

そんな時、秘書の宮藤さんから強制的に会食をキャンセルされた真尋さんは、年間パスポートを使って水族館へ足を運んだらしい。

「水族館で仁菜さんの幻影を探しました」

そう彼は苦笑する。

「そこでようやく、恋情に区切りをつける必要はないと思い至って。十年以上、仁菜さんに恋い焦がれてきたのと状況はなんら変わっていないと理解してからは、少しスッキリしました」

「な、なるほど」

それであの穏やかな浅瀬の海みたいに凪いだ目をしていたのか。

拗らせた初恋も、ここまでくると悟りの境地にいきつくらしい。

「けれど、久しぶりに再会してみると仁菜さんの顔色は驚くほど悪かった。手を添えた頬も冷たく、額に熱はなかったですが、どこか覇気がないように感じ……少し痩せた気もしました」

六月中旬に鶴峰百貨店のラウンジで再会した時。心配が胸に渦巻き、思考が私のことばかりで埋め尽くされたという。

「でも俺の今の立場は、離婚した元夫……。君にとってはただの他人です。そんな俺が、君に手を伸ばすのは許されざる行為のように感じて、あと一歩踏む込むことができなかった。……あの時は、『頼ってほしい』と告げるのが精一杯でした」

彼女は頼ってくれるだろうか？　いや、頼ってくれないだろうなと思うと苦しかったと真尋さんはこぼした。

「責任感の強い君が、離婚前提の契約結婚をしていた相手に離婚後も連絡するかと聞かれたら、俺は首を横に振ります」

その言葉に、真尋さんはちゃんと私の思考回路まで理解してくれていたんだなぁと、ちょっとびっくりしてしまった。

「……君が住む前までは無機質なリビングにも違和感がなかったのに、君がいなくなってからは違和感を覚えるようになった。どこを見ても君の笑顔が脳裏をよぎって……がらんとした空間には孤独すら感じられる。広いベッドも、君の寝ていた場所を空けていなくては眠れない。……どうすれば、仁菜さんはこの家に帰ってきてくれるだろうか？　そう自問自答しては、胸が潰れそうなほど軋んで……何度も、みっともなく君に縋りたくなった」

真尋さんは自嘲気味に笑うと、私が持っていたうさぎのぬいぐるみに視線を落とす。

「このうさぎのぬいぐるみが、祖父のお見舞いにと作られたうさぎに寄り添うのを眺めていて……、ふと、病床で祖父が俺にかけた言葉を思い出しました」

それは、同じ人生ならば失う恐怖に怯えて生きるのに時間を費やすのではなく、大切なものを愛おしむために言葉を尽くし、行動を起こし、時間を使いなさいという言葉だったという。

「祖父の言葉は、俺が幼い頃から抱いてきたトラウマに対する答えでした。ははっ。今さらお祖父さまの言葉の真の意味を理解するなんて」

さらさらの前髪を手のひらでくしゃりとした真尋は、今にも泣き出しそうな笑みで呟く。

真尋さんのトラウマは、やはり眞秀さんが推測していたものと同じだった。

このまま私と生涯幸せに暮らせたらいいのにと願っていたけれど、この先、私を愛おしいと感じるたびに、真尋さんはきっと今までよりもずっと深く、私という存在を失うことへの恐怖を覚えるようになると感じていたそうだ。

だから……。大切な相手を失わないためには、『大切だ』とその相手に知られないようにするしかないと……。

そう思って、私に一切の気持ちは伝えなかった。

「だけどようやく、トラウマと向き合って気がついた。大切だから、——愛しているから、幸せにしたい。今思えば俺は……君に幸せにしてもらってばかりだった。だから今度は俺の番です」

真尋さんが私の頬を両手で包む込む。

「君がひとりで心細い時に、そばにいてやれずすまなかった。だが、君を幸せにするのは俺でありたい。もしも、君が俺の手を取ってくれるのならば……俺が仁菜さんを世界中の誰よりも幸せにしてみせる」

濃灰色の真剣な眼差しが、私を射貫く。

「愛してる」

「……っ、私も、真尋さんのことを、愛して……っ」

ずっと欲しかった言葉に、胸が熱くなってぼろぼろと涙がこぼれる。

真尋さんはそのまま言葉を吸い込むみたいに、唇を優しく重ねた。

それから何度も角度を変えながら唇を食むような甘いキスをされて、心がとろとろにとろけていく。

真尋さんに身体を預けると堰を切ったように情熱的に掻き抱かれ、激しく膨れ上がった渇愛をあらわにしながら、深く深く甘い口づけをされる。

「愛してる、仁菜」

「わ、私も……っ」

洋服からむき出しになっている素肌に、久々に触れ合う彼の体温を感じる。

真尋さんはこれまでの離れていた期間を埋めるみたいに、何度も甘くて深いキスをして、分厚い舌で口内を蹂躙した。

水音が響いて、恥ずかしさで身体がどんどん火照っていく。

底なしに甘くて、すごく幸せで。

こんなにも真尋さんのキスに翻弄されてしまうのが、少し悔しい。

そうしてそっと自然に互いの視線を絡め合いながら唇を離し、甘い余韻の中、見つめ合う。

「もう一度、君の夫になるチャンスをくれないか。——俺と結婚してほしい。君も、お腹の子も、俺だけに生涯をかけて守らせて」

「……うっ、はい……っ！」

彼は私の泣き笑いの言葉を聞くと、壊れ物を扱うように再び私を抱きしめる。

そして「ちゅっ」とリップ音を立てながら、ついばむような優しいキスを落とした。

互いの存在を確かめ合うとろけるキスは、それからも長い間、時間を忘れてしまうほど続いた。

ゆっくりと唇を離した彼の瞳には、溢れんばかりの愛おしさと独占欲が滲んでいる。

彼は静かに甘美な余韻に浸りながら、まだ膨らみ始めたばかりの私のお腹に無骨な手のひらを当てた。

「……ここに、いるんだな」

「はい。ふふっ、真尋さんに朗報です。なんと、赤ちゃんは双子ちゃんだそうです」

「……双子か。一気に二乗の幸せがくるなんて信じられないな」

「二乗？」

それは、子供がふたりだから？

私はこてりと首を傾げる。すると真尋さんは優しげな笑みを浮かべてから、長い睫毛を伏せて、私とゆっくりと額を合わせた。

「最愛の君との新婚生活と、双子を授かった奇跡とで。言葉にならないくらい、嬉しい」

真尋さんの、私だけを彼に溺れさせようとする甘く熱っぽい視線が、こちらをまっすぐに見つめてくる。

……そっか。私、これから……お腹の中にいる赤ちゃんたちのお母さんになるだけじゃなくて、この男性《ひと》の……たったひとりの女性《つま》になるんだ。

私は母としての幸せと、女性としての幸せの両方を改めて自覚して、胸がいっぱいになった。

幸福感をきゅっと噛み締めて、至近距離にある真尋さんの瞳を見つめる。

「ふふっ、はい。私もです。……双子ちゃんに会える日が、楽しみですね」

「ああ」

こうして約一年の紆余曲折を経てやっと心が通じ合った真尋さんと私は——翌日、無事に再婚を果たした。

本物の甘い夫婦生活が、今始まろうとしている。

エピローグ

八月に入り、あの離婚前提の契約結婚を結んだ日からちょうど一年が経った。

あの時は想像もしていなかった幸福に包まれた日々に、私は毎日コツコツと忙しくしている。

なんと言っても、鶴峰百貨店の期間限定ポップアップストアで取り扱ってもらったことで、『Atelier Nina』ではオーダーが一気に増加した。

今年のご予約はすでに満員御礼状態。

妊娠中のため納期には十分に余裕を持ってオーダーを受けたけれど、こんなに仕事が舞い込んできたのは初めてだった。頑張らなくちゃ！

そして本物の新婚夫婦になった私たちの毎日は、お砂糖や蜂蜜みたいに甘くて幸せに満ちている。

けれど真夏の暑さもありへとへとにへばっている私は、なかなか新妻らしい振舞いができずにいた。

真尋さんが出勤する時には「いってらっしゃい」と朝から元気にお見送りしたいが、

双子ちゃんなのでお腹が普通よりも大きくなっていて、なかなか起き上がることができない。

でも、そんな時には。

「大丈夫、君はこのまま寝ていてくれ。朝ご飯は俺が作るから」

「じゃあ、お言葉に甘えて」

「ああ」

私の身体を心配した真尋さんが、不慣れな手つきで朝ご飯を作ってくれたりする。

あの老舗高級フルーツパーラーでカットフルーツ盛り合わせを毎日買って帰ってきた時から考えたら、すごい進歩だ。

まさか真尋さんが、りんごの皮を、剥くなんて……！

ああ！　りんごをうさぎさんの形にしようとして、なんだかわけのわからない物体になっている……！

世界有数のプレタポルテの代表デザイナーをしている彼の指先は、その、色々な意味ですこぶる器用なのに……なぜだか料理には発揮されないみたいだ。

炊飯器のスイッチを入れるのも一苦労な彼を見て、「可愛い」以外の言葉は見つからない。

無表情で冷徹な悪魔の顔は時々見かけるが、それはお仕事の顔か。はたまた私に甘い意地悪を仕掛ける時の、悪戯な顔だ。

けれどもなんだかんだ、彼は過保護で庇護欲の塊のような人なので、毎日朝から晩まで甘々だ。きっと私が眠っている時も、私を溺愛してくれている。

お風呂に一緒に入っていちゃいちゃした後は、必ず髪の毛を乾かしてくれたりして。

誰よりもなによりも大切にしてくれているのが、彼の視線と指先から伝わってくるようだった。

けれど、その夜。

「君を抱きたい」

「へ？」

唐突に真剣な表情で告げられて、私はぽかんとした。

「君を抱きたい。抱きたくてたまらない。もう我慢できない」

「ま、真尋さん……っ！　ちょ、ちょっと待って！」

いつものように甘いキスをして、抱きしめ合って寝ようとしていた矢先、熱情を孕んだ視線の真尋さんが私を優しく押し倒す。

そ、そうだった。真尋さんって理性が崩れたら、ぜっ絶倫だから……っ。

キスと愛撫だけの触れ合いでは、そろそろ足りなくなってきてしまったのかもしれない。空が白み始めるまで彼に抱かれ続けたあの夜を思い出して、私の身体の奥がきゅんと甘く疼く。

真尋さんの熱を帯びた視線と深くて淫らなキスが、私の理性を溶かそうとしていくのを感じて、身体が震えて無意識に期待してしまう。

でも今は、お腹の中に赤ちゃんがいるから、真尋さんに抱かれるわけには……っ。

私は渾身の理性を振り絞って、彼の筋肉質な胸板に手を突っ張り「タイムを要求します！」と彼を押し返した。

「……朝までとは言ってません。それにセックスするとも言ってない」

真尋さんが不服そうに眉を寄せる。

「ただ、それくらい君をとろとろにしたいなと思って」

彼は赤い舌で唇を舐めて扇情的な笑みを浮かべる。

「うっ」

私はこの顔で誘われるのに弱い。極上な悪魔の笑み。

あの一夜で真尋さんの溺甘執着愛を激しく刻み込まれた身体は、すでに甘く火照り始めていた。

それからは真尋さんに、ひたすら気持ちいいキスをされて愛撫されるという、背徳的で極上の甘美な時間が始まる。

ただ優しく触られているだけなのに、禁断感のせいでひどい快楽が襲ってきてドキドキが止まらない。

「……愛してる、仁菜」

「あ、あ……っ、真尋さん、やあ……っ」

真尋さんが全身全霊をかけて、私を愛していると囁いてくれるのがたまらなく幸せに感じる。

その上、大好きな旦那様の赤ちゃんたちを授かっているなんて。

こんなに幸福でいいのだろうか?

そう心配になる日もあるくらいだ。

真尋さんの過剰な溺愛に、私は愛されている実感と喜びを感じずにはいられなかった。

そうしているうちに、妊娠九ヶ月目。妊婦検診も相変わらず順調で、お腹の中の双子ちゃんは、女の子と男の子がひとりずつだと判明した。

双子ちゃんが宿るお腹はもうぱんぱんで、いつ産まれておかしくない状況らしい。

やはりお祖父さまの命日と双子の出産予定日が重なったことに、特別な縁を感じざるを得ない。

もうすぐお祖父さまの一周忌もある関係で、ラスベガスから帰国した義母の麗香おばさまと母と真尋さんの四人で食事会をすることになった。

こうして一堂に会すのは、交際ゼロ日で真尋さんとの結婚を告げられたモルディブのプライベートヴィラでのバカンス以来だ。

テーブルではあの日のように、主に母たちふたりの明るい笑い声が絶えなかった。

「アメリカで有名なブランドのクーファンやベビーカー、ベッドとかのベビー用品は手配してあるから、もうすぐ届くはずよ。周りの友人にも使い心地を聞いたけど、とってもいいんですって！」

麗香おばさまが気遣ってくれて、入り用の物を色々と用意してくれているらしい。

「ありがとうございます」

「お母さま、余計な手出しはしないでくれ。俺だって用意したいのに」

ほくほく笑顔の私が「楽しみだなぁ」と喜んでいる横で、真尋さんが不機嫌そうにしている。

「いいじゃない。エリシア・タナーとグレイス・アシュリーからのおすすめよ？」

「えっ！　エリシア・タナーとグレイス・アシュリー!?」

私は思わず「ひええ」と悲鳴をあげる。

麗香おばさまのご友人として挙がった名前が、ハリウッド映画で何作も主演をしている大物女優とSNSで三千万人以上のフォロワーを抱える有名セレブだったので、飛び上がるほどびっくりした。

「肌着はうちのブランドで新しくベビーラインを製作することになったから、絶対使ってね」

母はそう言って、ラッピングされたギフトボックスを真尋さんへ手渡した。

それから元気で明るい母親ふたり組は、真尋さんや私が一歳や二歳の頃の話で盛り上がり始めた。「よく泣くタイプだった」とか「家から出るのを嫌がって」とか、幼い頃を思い出しながらクスクスと微笑み、色々なエピソードを喋っている。

その様子に、母に愛されていると実感して胸があたたかくなったのは、きっと私だけではないだろう。隣に座っている真尋さんは、どこか居心地が悪そうにしている。

麗香おばさまのスマホからは、真尋さんが逆手に持ったフォークでミニトマトをツンツンしていた時の写真なんかが出てきた。

「あ、あまりにも可愛すぎる……っ」

これはもうメロメロになるしかない……！

麗香おばさまのスマホから次々に出てくる〝赤ちゃんだった頃の真尋さん〟の写真やビデオに、メロメロになった私は「可愛いっ」「可愛い～～っ」と頬を両手で押さえる。だってそうしていないと、メロメロが行きすぎてほっぺたが落ちそうなのだ。

真尋さんは照れたのか、最後には「もうやめてくれ」と頬を染めてぷいっと顔をそらした。


その夜。家に帰宅してから、母にもらったギフトボックスを開く。

中からは厳選された天然コットン百パーセントの生地で作られた、ベビー用の肌着とドレスオールが。

黒猫と土星とアイスクリーム柄をした『ぐっすりすやすや夢の中。黒猫さんと今夜はアイスクリームパーティー』シリーズの可愛い肌着を手に取り、真尋さんと目を見合わせて「ふっ」「ふふふっ」と吹き出した。

「そういえば、そろそろ名前を決めないと。なんにしようか、悩みますね」

「……少し考えていたんだが。男の子は真織《まおり》、女の子は茉菜《まな》はどうだろう？」

真尋さんが愛おしげな視線を私へ向ける。

「可愛いですね。どんな意味なんですか？」

「ハワイ語で〝純粋で本物〟の〝奇跡〟という意味です。十三年前、ハワイで仁菜さんと俺が出会った奇跡と幸運が、子供たちのこともずっと守ってくれるように」

彼の長い睫毛に縁取られた双眸がやわらかくほころぶ。溢れんばかりの愛情が滲むその表情が眩しくて、私の胸がきゅんと甘い音を立てた。

きっと私は幼い頃にハワイで見つけた初恋だけでなく、これから先も何度も彼に情熱的な恋をするのだろう。

広院という苗字が導いてくれた運命に、私は心からの感謝をしなくちゃいけない。

なぜなら他でもないこの苗字が、私を裁縫の道に進ませるきっかけになり、真尋さんの大切な〝心〟のほころびを紡ぎ直す役割を与えてくれた。そうして、強引な契約結婚という思いがけない縁談を呼び寄せて、最後にはこうして……愛する人との運命の恋に導いてくれたのだから。

私は……自分でも知らないうちからずっと、真尋さんの愛するヒロインだったのだ。

幸せが胸いっぱいに広がって、涙の膜が張った瞳が熱くなる。

「真織くんと、茉菜ちゃん。……家族四人で、もっと幸せになろうね」

私がお腹を撫でながらそう言うと、真尋さんが隣からぎゅっと私たちを抱きしめてきた。

彼を見上げると、視線が絡み合う。

とめどなく溢れる幸福を噛み締めるように、ふたりでゆっくりと、互いの額をくっつけ、微笑みを交わす。そうしていつまでも、時間を忘れて甘い時間を過ごした。


それから数週間後――。

私は無事に、真尋さんとの愛おしい宝物たちを出産した。

眠る双子の赤ちゃんのベッドには、小さなうさぎのぬいぐるみが二匹、幸せそうに寄り添っている。

END

番外編　真尋と眞秀と双子のひととき

早いもので、双子の兄妹を出産してから三年が経った。

兄の真織くんは、パパである真尋さんに似ていてクールな性格だけれど、妹の茉菜ちゃんは誰に似たのかとってもやんちゃ盛り。元気抜群な女の子だ。

ふたりとも四条家の血を色濃く継いでいるのか、お母さんである私が言うのもなんだが、幼いのにとっても見目麗しくてびっくりしてしまう。街中でも、何度も『キッズモデルをしませんか？』と声をかけられたくらいだ。

先日も、私の親友たちである絵衣未と唄と一緒にテーマパークに遊びに行った際、キャラクターの耳をつけた真織くんと茉菜ちゃんは、二十代女子ふたりのスマホのデータ容量を圧迫していた。

「ポップコーン食べてる双子ちゃん可愛い～～～」

「ねね、今度はお姉ちゃんとあれに乗ってみようかっ」

スマホのカメラを向けまくる絵衣未と唄とも大の仲良しになった双子ちゃんたちは、終始楽しそうにしていたっけ。年が明けたら、今度は絵衣未と唄と五人で温泉旅行に行く予定だ。

そんな、年の瀬も迫ってきている本日は、十二月二十四日。

そう。クリスマスイブと、双子の誕生日だ。

「はやくきてほしい」

「もうっ。まな、まちくたびれちゃったなの！　まおりも？」

「ん」

そんな双子ちゃんたちは、今そわそわしながらリビングルームのソファに陣取っている。

さすがは『Croix du Sud《クロワデュシュッド》』の代表デザイナーの自宅という様子で洗練されていたこの部屋には、うさぎのぬいぐるみやあたたかみのある色合いの積み木、それから絵本なんかが無造作に転がっている。

待ち人を待つ双子たちが、いてもたってもいられずに子供部屋から引っ張り出してきたものたちだ。

待ち人が待ち人なので、これがなんだか面映ゆく思わずにはいられない。

キッチンで料理の仕上げをしながら、私はこの平和な日常に感謝する。

テーブルのセッティングをしていた真尋さんは、『そんなに楽しみにするなんて。

解せない』という表情で口をつぐんでいたが、私と視線が合うと、どこか照れくさそうに「ふっ」と小さく吹き出して微笑んだ。

そんな中、ピンポーンと玄関チャイムの音が鳴る。

「ママ、きた」

「ましゅーきたぁ！」

「こら、ふたりとも走らない」

パタパタと双子たちの足音がして、真尋さんの冷静にたしなめる声が追いかける。

「ましゅー」

「ましゅう～！」

「おおっと。お前ら、今日も元気だなぁ！　ほら、眞秀兄ちゃんが来たぞ～」

そんなパパの注意にも屈さず、双子ちゃんたちは真尋さんが開けた玄関扉の先にいたチェスターコート姿の眞秀さんに、体当たりするように突っ込むと、一生懸命ぎゅっと抱きついた。

「おかえり、眞秀兄さん。ロンドンはどうでしたか？」

「どこもかしこもクリスマスムードで最高。気候も東京と大差ねぇし、いい出張だったわ。お祖父さまとお祖母さまにもお供えもんも買ってきた」

ほら、と眞秀さんが真尋さんへロンドンのお菓子らしきものを渡す。

真尋さんと眞秀さんのお祖父さまの命日は今日なのだが、『お祖父さまならたぶんひ孫の誕生日優先だろ？』という眞秀さんの一言に真尋さんが同意して、法事は一日ずらして行うことになっていた。

明日は家族全員でお墓参りをして、四条家の本家で過ごすことになっている。

「仁菜ちゃんにはチョコレート。……今日はありがとな。招待してもらえて嬉しい」

「いえ、こちらこそ。いつもお土産ありがとうございます」

「ん」

この眞秀さんの短い返答を、真織くんはとても気に入っているらしい。『だってかっこいいんだもん』と言って、日常的によく真似しているのを聞く。

真尋さんが、それに少しヤキモチを妬いているのは四条家周知の事実だった。だけど、『眞秀兄さんに妬いてます』と不服そうにする真尋さんは、なんだか可愛い。

「真織ぃ、茉菜ぁ。三歳の誕生日おめでとう！　ほおら、誕生日のテディベアだ」

「きゃぁぁ！」

「わぁぁぁ！」

真織くんと茉菜ちゃんにぎゅっとハグを返した眞秀さんが、両腕にふたりを抱き上げる。そして私では到底作れないような小学生の背丈ほどある大きさの英国産テディベアに、双子ちゃんは笑顔満開で喜んだ。英国の老舗が誇る由緒ある有名作品を前に、私も目を輝かせずにはいられない。

「ましゅーあのね」

「きのうね」

ふたりはきゃらきゃらと幼い声で、最近の積もり積もった話を眞秀さんに喋り始める。そんな様子を見ながら、真尋さんがムッとした。

「俺もいつもそうやって抱っこしてるじゃないか」

「ふふふっ。パパの抱っこも特別だけど、お義兄さんの抱っこは非日常的な特別感があるのかも」

「それは眞秀兄さんに負けたみたいで嫌だな」

「おー、真尋。なんか言ったか？」

双子にもちもちのほっぺたをくっつけられて相好を崩している眞秀さんが、少し離れた場所に立っていた真尋さんを仰ぐ。

「言ってない」

ちょっと不服そうな真尋さんは、即座に素っ気ない言葉を返す。

だけど、この従兄弟ふたりのこんな空気感は、三年前の私から見ると非常に信じられない。あんなにツンケンして一触触発の空気で緊張感を撒き散らしていたふたりが、こんなに穏やかに会話しているのだ。ふたりの成長ぶりを感じずにはいられない。

眞秀さんは、体調不良だった私を車で実家まで送ってくれたあの日をきっかけに、真尋さんと連絡を取り合うようになったらしい。

お祖父さまの死を受けて、ようやく自分にとっての大切なものがなにかを理解した眞秀さんの、誠心誠意からの謝罪が、長年お互いの間にあったわだかまりを少しずつ、少しずつ溶かしていき――。

今ではこんな風に、大きな家族になった。

もちろん、まだまだ従兄弟同士の関係性は修復段階だ。

だけど、案外、真尋さんと眞秀さんの性格は合っていると思う。

双子ちゃんたちの明るい笑い声と、真尋さんと眞秀さんの応酬が聞こえるリビングルームを慈愛に満ちた気持ちでしばらく眺めた私は、パンパンッと両手を叩く。

「さあ皆、席について。今から真織くんと茉菜ちゃんのお誕生日会と、クリスマス会を始めまーすっ」

「はーい！　まな、ケーキたべりゅう！」

「あっ、まおりも！」

双子ちゃんたちがふたり作のケーキの歌を歌い出し、より一層賑やかになる。

そんな中、眞秀さんが真尋さんをじっと見つめる。

「なあ真尋」

「はい？」

「あのクリスマスの日。……お前に出会えてよかった」

「………俺もですよ、眞秀兄さん」

END

あとがき

初めまして、雪永千冬《ゆきながちふゆ》と申します。『離婚前夜の執愛懐妊』、いかがでしたでしょうか？　本作は「家族愛」をテーマに書きました。何よりも家族を大切にする頑張りやさんな仁菜と、冷たそうだけれど実は優しい、変なところで遠慮がちで不器用なところがある真尋が、離婚前提という結婚生活で心の距離を縮め、告げられぬ恋心を募らせていき……。真尋が強烈なトラウマを乗り越えるのは簡単ではなかったですが、最後は本当に大切なものに気がつき、仁菜とお腹に宿る命を愛し抜く決意をします。そんな本作を、たくさんの読者様にお楽しみいただけていたら嬉しいです。

格好いい真尋と可愛い仁菜、美麗なモルディブの風景を描いてくださったのはカトーナオ様です。素敵な表紙をありがとうございました。そして草案段階より丁寧なご指導とアドバイスをくださいました担当編集者様、各関係者様、読んでくださった読者の皆様に、心からの感謝とお礼を申し上げます。本当にありがとうございました。

またいつか皆様にお会いできる日が訪れますよう、心から願っております。

雪永千冬

【参考資料】

女性の健康推進室ヘルスケアラボ　厚生労働省研究班（東京大学医学部藤井班）監修，二〇一六，「避妊」，（二〇二二年九月一日取得，https://w-health.jp/delicate/anticonception/）.
すみだ水族館，二〇一二開業，（二〇二二年九月一日取得，https://www.sumida-aquarium.com/index.html）.
横浜赤レンガ倉庫，二〇〇二開業，（二〇二二年九月一日取得，https://www.yokohama-akarenga.jp）.

マーマレード文庫

離婚前夜の執愛懐妊
~愛なき冷徹旦那様のはずが、契約妻への独占欲を我慢できない~

2023年4月15日　第1刷発行　定価はカバーに表示してあります

著者　雪永千冬　©CHIFUYU YUKINAGA 2023
編集　株式会社エースクリエイター
発行人　鈴木幸辰
発行所　株式会社ハーパーコリンズ・ジャパン
東京都千代田区大手町1-5-1
電話　03-6269-2883（営業）
0570-008091（読者サービス係）
印刷・製本　中央精版印刷株式会社

ISBN-978-4-596-77104-9

m a r m a l a d e b u n k o